W0210472

Pacte avec un homme d'affaires

DANI COLLINS

Pacte avec un homme d'affaires

Traduction française de
ANNE DAUTUN

Azur

HARLEQUIN

Collection : Azur

Titre original :
UNTOUCHED UNTIL HER ULTRA-RICH HUSBAND

© 2019, Dani Collins.
© 2020, HarperCollins France pour la traduction française.

Ce livre est publié avec l'autorisation de HARLEQUIN BOOKS S.A.

Tous droits réservés, y compris le droit de reproduction de tout ou partie de l'ouvrage, sous quelque forme que ce soit.
Toute représentation ou reproduction, par quelque procédé que ce soit, constituerait une contrefaçon sanctionnée par les articles 425 et suivants du Code pénal.

Si vous achetez ce livre privé de tout ou partie de sa couverture, nous vous signalons qu'il est en vente irrégulière. Il est considéré comme « invendu » et l'éditeur comme l'auteur n'ont reçu aucun paiement pour ce livre « détérioré ».

Cette œuvre est une œuvre de fiction. Les noms propres, les personnages, les lieux, les intrigues, sont soit le fruit de l'imagination de l'auteur, soit utilisés dans le cadre d'une œuvre de fiction. Toute ressemblance avec des personnes réelles, vivantes ou décédées, des entreprises, des événements ou des lieux, serait une pure coïncidence.

Le visuel de couverture est reproduit avec l'autorisation de :

HARLEQUIN BOOKS S.A.

Tous droits réservés.
HARPERCOLLINS FRANCE
83-85, boulevard Vincent-Auriol, 75646 PARIS CEDEX 13
Service Lectrices — Tél. : 01 45 82 47 47

www.harlequin.fr

ISBN 978-2-2804-3609-0 — ISSN 0993-4448

1.

Né l'année du dragon, Gabriel Dean avait le goût du risque. Dominateur, ambitieux, passionné, il faisait cavalier seul et n'aimait pas être contredit. Son détachement légendaire n'allait cependant pas jusqu'à rester indifférent à un appel de sa grand-mère. Le tintement de la clochette de table aurait pu passer pour un signe d'affection, car Gabriel avait vu Mae Chen agiter un tel instrument dans les rares occasions où il lui avait parlé de vive voix. Mais en réalité ni lui ni elle n'était très affectueux…

Suffisamment original pour attirer son attention en toutes circonstances, ce son était un choix pragmatique. Les messages de Mae étaient de nature financière – et ses conseils toujours lucratifs – et, si Gabriel n'avait nul besoin de s'enrichir encore plus, il n'avait pas rejoint à trente ans le club des multimilliardaires en ignorant les opportunités.

Aussi mit-il un terme à la discussion portant sur une fusion énergétique d'importance pour effleurer l'écran de son smartphone en titane réalisé sur mesure.

Transmis via Luli :

Votre grand-mère vient de décéder à la suite d'une opération chirurgicale très délicate. Elle avait donné l'ordre de vous avertir sans tarder que vous êtes son héritier désigné. Ci-dessous, les coordonnées pour contacter son médecin.

Gabriel enregistra le numéro du médecin, prit son mobile, et quitta la salle sans donner un mot d'explication. Même s'il éprouvait du respect pour sa grand-mère, il ne l'avait guère connue, et ne lui était pas très attaché. Pourquoi lui avait-elle donc légué sa fortune ?

Gabriel songea qu'elle avait dû attacher à cette clause une foule d'obligations. Cela faisait deux décennies qu'elle tentait de le manipuler pour qu'il se sente redevable à son égard. C'est pourquoi il avait soin de lui revaloir ses propositions d'investissement en lui offrant à son tour des opportunités avantageuses – échange de bons procédés entre professionnels, en quelque sorte.

— AVC massif, lui apprit le médecin quelques secondes plus tard. Nous avons tenté une opération, hélas sans succès. Le décès a été rapide, et elle n'a pas souffert… Je suppose que cela provoquera des remous dans les milieux financiers lorsque la nouvelle sera connue. Je ne savais pas qu'elle avait un petit-fils.

Gabriel nota le ton inquisiteur du médecin. Il en devinait déjà les pensées intéressées. Acheter ? Vendre ? Y avait-il des propriétés à rafler avant qu'elles soient officiellement sur le marché ? Comment tirer profit de cette information de première main ?

Au fil des ans, Mae avait étendu ses investissements à l'immobilier et à la technologie, aux énergies renouvelables, aux métaux précieux, au pétrole. Rien de tout cela ne pouvait prospérer sans une vigilance de chaque instant, Gabriel en était conscient.

Gabriel avertit le médecin qu'il arriverait le plus vite possible. Il envoya un message à son assistante pour qu'elle reporte la réunion inachevée, annule ses rendez-vous et demande à son pilote personnel de préparer son jet privé. En gagnant l'ascenseur, il lança à la première employée qu'il aperçut :

— Ma voiture, je vous prie !

La requête fut d'évidence exécutée sans faille, car la Rolls-Royce Phantom de Gabriel se gara le long du trottoir à l'instant où il sortait de son immeuble de bureaux.

Une moiteur estivale régnait sur New York, et à Singapour c'était la mousson. Cependant, son majordome veillait à ce qu'il y ait dans le jet de quoi faire face à n'importe quelle situation. Sa grand-mère gardait en permanence une chambre prête pour lui – qu'il n'avait jamais occupée, car il possédait un immeuble à Singapour, dont l'appartement en terrasse lui était réservé.

Il consulta sa Girard-Perregaux en or, estimant l'heure de son futur atterrissage. Si les signes extérieurs de richesse tels que montres vintage et mallettes Vuitton lui importaient peu, ils comptaient beaucoup pour les autres. Or, Gabriel Dean ne jouait que pour gagner, même dans le domaine de l'élégance et du paraître. Il portait donc des costumes sur mesure taillés dans des lainages d'exception, qui mettaient en valeur son corps athlétique et bien entraîné. Quant à ses chaussures, elles étaient cousues main en Italie.

Il lui était égal de devenir, en ajoutant à sa richesse personnelle celle de Mae, le détenteur du titre si prisé de première fortune mondiale. Cela ne signifiait qu'un surcroît de travail inopportun, et davantage de contraintes encore. Cependant, s'il n'avait jamais éprouvé de sentiments forts pour sa grand-mère, il estimait de son devoir de préserver son empire, par respect pour ce qu'elle avait bâti en soixante-dix ans d'existence.

Il revint au message reçu et dicta un message dans le micro de son portable.

Qui est le directeur commercial de Mae ?

Transmis via Luli : J'assiste Mme Chen dans la gestion de ses transactions. En quoi puis-je vous aider ?

La réponse était arrivée immédiatement après qu'il eut

posté la question. En plus d'être efficace, l'intelligence artificielle était neutre et délicieusement polie, même lorsqu'elle faisait obstacle ! pensa-t-il.

Envoyez-moi les coordonnées de la personne qui se charge des transactions bancaires de Mae.

Transmis via Luli : C'est moi qui les effectue. Que désirez-vous ?

Gabriel réprima un juron. Une fois que la nouvelle serait publique, et son lien de parenté avec Mae Chen révélé, la planète financière se déchaînerait autour des biens de sa grand-mère. Le compte à rebours avait commencé, puisque son médecin était au courant ! Sans perdre un seul instant, il envoya des instructions à ses conseillers et courtiers en Bourse. Une fois à Singapour, il saurait qui dirigeait vraiment les opérations financières de Mae et prendrait les rênes à sa place.

— Luli…

Le majordome l'avait présentée en dernier, car elle s'était délibérément placée en bout de rang, après les femmes de chambre et la cuisinière. Elle se tenait à l'angle de la demeure de Mae Chen, où des plantes grimpantes assaillaient le mur d'enceinte datant de l'époque coloniale.

— Vous êtes… un être humain !

Gabriel Dean était bien le premier à la considérer comme tel en ses vingt-deux ans d'existence ! Et, certes, Luli éprouva des réactions très humaines lorsqu'elle serra la main du petit-fils de Mae en s'inclinant à demi et en murmurant :

— Monsieur…

Son cœur battait la chamade, elle avait la peau moite et l'estomac noué.

Exception faite du majordome, marié, et des jardiniers, elle avait rarement affaire à des hommes. Et certes pas à ce genre d'hommes très particulier ! Ses cheveux noirs et brillants étaient coiffés avec art, en un désordre étudié. Il était rasé de près, avait une peau parfaite, et sa bouche... Elle n'était pas pleine, légèrement ourlée aux commissures, comme la sienne. Non, ses lèvres étaient plus fines que les siennes et exprimaient une autorité naturelle, ainsi d'ailleurs que le reste de sa personne.

— C'est là votre nom complet ? Luli ?

— Lucrecia, précisa-t-elle, avant d'y ajouter le patronyme qu'elle avait presque oublié : Lucrecia Cruz.

Il effleura du regard sa robe droite à col sage. Elle était en coton jaune clair, et l'ourlet s'arrêtait au-dessus des chevilles, révélant ses pieds nus chaussés de sandales. Les femmes de chambre portaient par-dessus leur robe identique des tabliers blancs, chics et pratiques. En cet instant, Luli aurait aimé avoir cette protection supplémentaire, mais même une armure n'aurait pas dissimulé sa poitrine, plus généreuse que celle des Malaises employées par Mae Chen.

Gabriel était plus grand qu'elle ne l'avait anticipé, et elle comprenait maintenant pourquoi Mae demandait toujours à ses partenaires en affaires de s'asseoir. Il était impossible de traiter d'égal à égal avec quelqu'un qui vous dominait par sa stature.

Le regard de Gabriel s'arrêta sur son visage – saisissant, elle ne l'ignorait pas. Ce n'était pas seulement parce qu'elle avait le teint et les yeux plus clairs que les domestiques. Son épaisse chevelure châtain ondulée était naturellement striée de mèches blondes, et elle avait un nez mince et racé.

Gabriel avait les yeux bridés d'un Asiatique, avec des iris d'un gris-vert surprenant. Elle avait vu assez de photos de lui pour s'attendre à découvrir un homme beau, mais elle n'avait pas prévu qu'il serait aussi imposant. Sa puissance brute lui causait presque un choc. Il n'avait pourtant rien fait, si ce n'est descendre de voiture !

Elle hésita à rompre la poignée de main, mit trop longtemps à retirer ses doigts, et se sentit stupide. Les domestiques ne manqueraient sans doute pas de se moquer d'elle, tout à l'heure, mais elle était fascinée par Gabriel, au point presque d'en défaillir.

— Désirez-vous un rafraîchissement, monsieur ? proposa le majordome. Votre chambre est prête, si vous voulez vous reposer.

— Je suis venu ici pour travailler, dit Gabriel en jetant un coup d'œil circulaire dans le vestibule de la vaste demeure. Un café fera l'affaire.

Le majordome frappa dans ses mains afin que chacun retourne à sa tâche. Luli allait suivre le mouvement lorsque la voix de Gabriel la fit tressaillir.

— Luli, conduisez-moi au bureau de ma grand-mère, je vous prie.

Il s'exprimait avec un accent américain et non l'accent *british* qu'elle avait pris auprès de Mae. Il lui fit signe de la rejoindre alors qu'il grimpait déjà le perron.

Cela la perturba. Elle s'efforçait d'être acceptée ici. Mae lui accordait un traitement spécial, mais Luli n'aimait pas qu'on la croie désireuse de se hisser au-dessus des autres. De plus, elle n'était pas prête à confesser à Gabriel ce qu'elle avait fait…

Aussi s'efforça-t-elle de garder une expression sereine et des gestes gracieux, même si son pouls s'était emballé et que le manque de sommeil la fragilisait.

Elle n'avait eu qu'une seule journée pour réagir au changement brutal de sa situation. Dès le premier cri d'alerte, dans le jardin, elle avait su ce qu'elle avait à faire. Il lui avait cependant fallu des nerfs d'acier pour exécuter son plan, qui avait nécessité des heures de codage nocturne. Elle n'avait pas le droit à l'erreur et aucun pardon à attendre, quelle que soit la tournure que prendraient par la suite les événements.

Gabriel marqua un arrêt dans l'opulent vestibule, embrassant de nouveau du regard le carrelage mosaïque, le bois marqueté de la rampe d'escalier, les œuvres d'art et les bouquets de fleurs fraîches. Tout cela lui appartenait, à présent.

— Le bureau de Mme Chen est derrière la troisième porte, murmura-t-elle en désignant le couloir.

Avec une galanterie déroutante, il la laissa passer devant lui, puis lui emboîta le pas.

— Je suis navrée pour votre grand-mère, dit-elle. Elle va beaucoup nous manquer.

— C'est allé très vite, apparemment.

En effet. Ils avaient tous su que les efforts de l'infirmière de Mae étaient inutiles. Même après que l'hélicoptère eut emmené la vieille dame, la maisonnée était restée plongée dans un silence feutré.

Luli introduisit Gabriel dans le bureau de Mae. La pièce, plus sobre que les autres, avait des notes féminines : ses couleurs pastel, la théière anglaise que Luli remplissait tous les après-midi pour elle et Mae. Les lieux semblaient si vides ! Avec qui prendrait-elle le thé, désormais ? Qu'allait-il se passer ?

Son avenir n'était plus dans la poigne dure mais sûre de Mae Chen. La réaction de cet homme puissant, quand il saurait ce qu'elle avait fait, déciderait de sa vie future.

Elle se plaça près du fauteuil pivotant du bureau délicatement ouvragé et attendit qu'il s'assoie. Gabriel embrassa la pièce du regard, puis le jardin, sans oublier de jeter un coup d'œil incisif sur chaque peinture et objet d'art. Elle se surprit à retenir son souffle, guettant le moment où son regard d'aigle reviendrait sur elle, espérant percevoir en lui un quelconque signe d'approbation.

— J'ai cru que vous étiez une sorte d'intelligence artificielle, un logiciel, mais il n'y a rien d'artificiel en vous, n'est-ce pas ? dit-il en se tournant vers elle avec une expression soudain détendue, voire bienveillante. Un peu trop, même…

Curieusement, cela l'alerta. Elle eut la sensation étrange d'être prise en chasse, et si elle avait l'estomac noué ce n'était pas à cause de la peur, mais… de l'excitation, songea-t-elle.

Oui, elle était troublée, réalisa-t-elle à sa grande surprise. Dès son plus jeune âge, on lui avait enseigné l'art de séduire par son physique et d'attirer les regards. Mais elle n'y recourait pas en cet instant et, si elle se tenait bien droite, c'était pour tenter de paraître sûre d'elle et concentrée sur sa tâche.

De plus, même si on l'avait jugée sur ses attributs physiques à un âge trop précoce, elle n'en avait pas été affectée, du moins pas de cette façon-là ! En réalité, elle n'avait éprouvé que mépris et répulsion à l'égard des hommes mûrs qui l'évaluaient et lui attribuaient une note. Elle n'avait pas compris que le regard d'un homme pourrait la faire défaillir, l'emprisonner comme si elle était happée dans un champ magnétique…

Le majordome se présenta avec un plateau, mettant fin à leur échange de regards.

— Comment dois-je vous servir votre *kopi*, monsieur Dean ? demanda-t-il, inclinant la cafetière vers une tasse vert jade à anse dorée, en équilibre sur sa soucoupe.

— Noir, répondit Gabriel, le regard braqué sur l'unique tasse. Vous n'en prenez pas, Luli ?

Le majordome demeura impassible, mais à son maintien et à sa raideur Luli comprit qu'il était scandalisé. Il y avait des années qu'ils étaient à couteaux tirés parce que Mae lui accordait le genre de confiance auquel il n'avait pas droit. Mais qu'y pouvait Luli, après tout ? Elle aurait difficilement pu lui dire : « Mae n'a pas confiance en vous. Elle ne fait pas confiance aux hommes. »

Si le majordome devait aller chercher une tasse pour elle, il en serait profondément humilié ! Et, si Luli avait été mesquine, elle l'y aurait contraint, mais elle préférait préserver son énergie pour une véritable rébellion. Contre une cible autrement plus intimidante.

— Vous êtes très aimable, murmura-t-elle à Gabriel, mais je m'en passerai.

Le majordome lui décocha un regard noir avant de se retirer.

Gabriel désigna le canapé et les fauteuils tapissés de brocart et attendit que Luli soit assise pour prendre place à son tour. Ses attentions étaient bien mal placées, pensa-t-elle, et il serait fou de rage quand il comprendrait qu'elle ne méritait pas son respect.

Elle attendit qu'il parle le premier. Les choses pouvaient prendre diverses tournures, dont certaines étaient propres à altérer le cours de sa vie – peut-être même à la mettre en danger personnellement. En effectuant des recherches en ligne, elle avait appris qu'il était ceinture noire de kung-fu. Les séances de taï-chi qu'elle avait effectuées dans la cour avec Mae et le personnel étaient sans commune mesure avec l'entraînement qu'il avait subi et les prises létales qu'il maîtrisait sans doute !

— J'ai vu l'avoué de ma grand-mère, lui apprit-il. Mon pouvoir a été établi afin que je puisse tenir les rênes en attendant que le testament soit authentifié et officiellement validé. Il est acquis que j'ai pris possession de Chen Enterprises. Pourtant, quand je me suis présenté au siège, il n'a pas été possible d'exécuter mes ordres. Toutes les instructions et transactions passent par vous, m'a-t-on dit. On n'a même pas pu me fournir la liste exhaustive des actifs et des comptes de ma grand-mère, afin que je puisse contacter les banques.

Il l'observa tout en sirotant son café, et elle eut la sensation de brûler d'un feu ardent.

— Vous réalisez sans doute que je ne suis pas le seul à vous prendre pour une application de gestion de tâches sophistiquée ?

— Votre grand-mère aimait cultiver cette impression.

— Pourquoi ?

Sa voix avait claqué comme un fouet, et elle dut faire effort pour ne pas frémir. Elle expliqua calmement :

— Entre autres parce que cela contraint les gens à laisser une trace écrite. Mae m'a raconté qu'à la mort de votre grand-père son directeur commercial avait tenté de la rouler. Elle n'a réussi à prouver la malversation et à prendre le contrôle de son héritage qu'après un rude combat. Depuis, elle a veillé à maintenir une surveillance stricte sur ses finances. Aucune transaction ne se faisait sans son aval.

— Vraiment ? Pourtant, à ce qu'il paraît, c'est *vous seule* qui validiez toutes les démarches.

— L'informatique n'était pas sa tasse de thé. Je travaillais sous sa direction.

— J'ai plutôt l'impression que vos agissements visent à conquérir son empire. Vous vous êtes rendue indispensable pour rafler le pouvoir. Classique…

— Vous vous trompez, affirma-t-elle avec aplomb.

Gabriel eut un regard qui semblait dire : je vois clair en vous. Et elle eut toutes les peines du monde à le soutenir. Elle réalisait tout à coup qu'elle n'avait jamais eu le courage de défier Mae. Alors, quelle chance cela lui laissait-il face à *cet homme-là* ?

— Vous vivez ici ? s'enquit-il, le pli cynique de sa bouche fascinante révélant qu'il la tenait pour une intruse.

— J'y ai une chambre assignée, oui.
— D'où venez-vous ?
— Du Venezuela.
— Ce n'était pas le sens de ma question, mais je perçois votre accent, à présent.

Il semblait vaguement moqueur, et elle en fut piquée. Elle avait perfectionné son anglais avec Mae, élevée dans un collège privé britannique. Le personnel parlait un anglais mâtiné d'hindi, de malais et de philippin.

Alors que Gabriel l'observait, elle éprouva de nouveau un trouble sensuel qui la déconcerta. Elle avait espéré pouvoir user de sa voix et de son physique pour le charmer, mais elle manquait d'expérience dans le maniement de ces « armes ». C'était elle, au contraire, qui était envoûtée par les inflexions subtiles de sa voix.

— Il y a combien de temps que vous êtes ici ? demanda-t-il.
— Huit ans.
— Pas à Singapour. Dans cette maison, comme employée de ma grand-mère ?
— Je suis venue ici en arrivant à Singapour, il y a huit ans.

Il fronça les sourcils.

— Quel âge avez-vous ?
— Vingt-deux ans.
— Avez-vous été engagée comme femme de chambre ? demanda-t-il d'un air interdit. Comment êtes-vous parvenue à occuper un poste de haut vol tel que celui-ci ?

Comment lui expliquer ? se demanda-t-elle tandis qu'il désignait l'ordinateur portable en veille sur le bureau.

Elle prit une profonde inspiration, puis répondit :

— L'informatique n'intéressait pas votre grand-mère, mais elle désirait contrôler toutes les facettes de son action.

— Vous étiez son bras droit ? traduisit-il, sceptique.

— Disons que… j'effectuais des tâches confidentielles sous sa direction.

— Des transferts bancaires, des achats d'actions ? Des placements, peut-être, aussi ?

— Oui. En cas de recours à un courtier ou un intermédiaire, je suis chargée d'effectuer le suivi. Je collationne des informations sur les employés et partenaires potentiels, relis les comptes rendus de performance, contrôle les budgets et les comptes pour repérer les anomalies indicatrices d'une fraude ou malversation.

— Vous devez être très appréciée ! ironisa-t-il.

— Beaucoup de gens croient que je suis un logiciel, comme vous avant d'arriver ici, et je me suis bien gardée de les détromper. Je ne me suis jamais préoccupée de savoir ce qu'on pensait de moi, du moment que votre grand-mère était satisfaite de mes services.

C'était un mensonge. Elle aurait aimé avoir une amie véritable, au lieu de vivre en compagnie d'une vieille dame qui avait oublié ce que c'était d'être jeune et curieuse de la vie. Qui avait peur de la laisser découvrir le monde, de crainte de la voir la quitter…

— Puisque nous parlons de logiciel, dit-elle, les paumes soudain moites, cela vous intéressera peut-être de savoir que Mae m'avait demandé de recourir à votre système d'exploitation. Nous utilisons vos modules professionnels de comptabilité et de sécurité, de gestion de production… Elle voulait que ses dossiers importants et sa crypto-monnaie soient à l'abri d'une intrusion. Elle aimait répéter que votre système est impossible à pirater, selon vous. Il se trouve que ce n'est peut-être pas tout à fait vrai. Mais je suis sûre que *vous* pourriez y entrer. S'il le fallait.

Et voilà. Elle venait de jouer son atout majeur, de placer son levier principal. Il pouvait la soutenir. Ou céder. Et entraîner sa chute.

2.

Lucrecia… On aurait dit le nom d'une fleur exotique à pétales ivoire striés d'incarnat éclatant et d'indigo mystérieux. Le genre de fleur doté d'un parfum qui attirait les insectes dans son guet-apens sexuel, puis les paralysait et les dévorait vivants.

Quelle fin ! Mais Gabriel avait appris très tôt à déjouer les manipulations. Avec lui, on avait usé de toutes les ficelles : menace, flatterie, contrition, amitié factice et, bien sûr, attirance sexuelle. Il aimait le sexe comme il aimait le whisky *on the rocks*, mais ce n'était pas une chose dont il avait besoin.

Pourtant, cette femme, par sa seule présence, avait suscité en lui une tension qui s'accentuait de minute en minute. Dire qu'il était venu dans cette maison pour allumer l'ordinateur de sa grand-mère et se faire une idée exacte de ce qu'était ce logiciel « Luli » !

Or, Luli s'avérait être une femme, dotée de courbes ravissantes, même si elle était affublée d'une robe peu flatteuse. Rien n'aurait cependant pu dissimuler sa stature altière, sa peau parfaite. Elle se passait de maquillage et de parures. Il l'imagina nue, les cheveux lâchés : elle serait divine.

Mais elle était son employée, au même titre que l'ensemble du personnel de toute compagnie tombée sous sa responsabilité après une fusion. Par conséquent, s'il se plaisait à fantasmer chaque fois qu'elle lui adressait l'un de ses regards de biche ou s'humectait les lèvres de façon suggestive, il se refusait à lui laisser voir que cela avait sur lui l'effet escompté : éveiller son *désir.*

Et la menace subtile qu'elle venait d'émettre ne lui avait pas échappé.

— Pourquoi devrais-je pirater mes propres comptes ? demanda-t-il avec une naïveté feinte.

— Vous n'auriez pas à le faire…

Le « si » escamoté se devinait aisément à la manière dont elle avait laissé sa voix en suspens. Il posa sa tasse à café, la porcelaine heurtant le bois laqué avec un bruit sec. Luli le regarda à travers ses cils. Prudente. Effrayée, même. Il esquissa un sourire pour lui faire comprendre que sa tentative d'extorsion l'amusait.

— Vous comprenez que je pourrais vous faire jeter en prison ?

Ce qui, étrangement, lui parut effroyable. Il n'hésitait jamais, lorsqu'il s'agissait de se protéger, à obtenir justice de façon légale. Mais sans doute y avait-il des exceptions à toute règle.

— Vous pourriez faire appel à la police, reconnut-elle, escamotant cette fois un « mais ». Je n'ai pourtant rien fait d'illégal. Pas encore.

Pas encore ?!

— Je vois. Vous avez placé une bombe logique dans le système.

Il aurait dû être furieux, mais il était tellement sidéré par son culot qu'il avait envie de rire. Ne savait-elle donc pas *qui* il était ?

— Si nous appelions plutôt cela un appât ?

Elle leva ses yeux d'un bleu-vert cristallin comme la mer des Caraïbes – calme, belle et… infestée de requins. Tiraillé, Gabriel eut envie de contempler ce regard changeant, de s'y perdre, alors qu'une autre part de lui-même enregistrait le mot « appât ».

— Appelez ça comme il vous plaira. Moi, j'alerte la police.

Il aurait été incapable de dire s'il bluffait ou pas. Il prit son temps pour tirer son portable de sa poche, pourtant, guettant sa réaction.

— Si je ne me connecte pas dans un laps de temps limité, un communiqué sera automatiquement envoyé à la presse, dit-elle avec calme.

— Quels ragots affreux pourriez-vous colporter sur ma grand-mère ? Aurait-elle tenu une fumerie d'opium ? Un réseau de trafic d'organes ?

Pour autant qu'il sache, le pire « crime » de Mae Chen était d'en avoir obstinément voulu à sa fille pour son choix de mari – et à juste titre.

— Je préfère ne pas faire de révélation.

— Parce que vous n'avez rien à révéler.

— Pour ne pas souiller le nom de votre grand-mère, qui a été très bonne pour moi.

— Pourtant, vous détruiriez sa réputation pour parvenir à vos fins !

— Je dirais plutôt : pour obtenir la vérité.

Elle avait parlé d'un ton grave, avec suffisamment de calme pour que Gabriel soupçonne qu'elle tenait peut-être quelque chose de sérieux.

— Est-ce en rapport avec ma mère ?

— Pas du tout, répondit-elle, surprise.

— De quoi s'agit-il alors ? Épargnez-moi ce jeu de devinettes.

Elle s'assura que la porte était close avant de poursuivre.

— Trafic d'être humain et confinement forcé.

— Ha ha !

Luli ne rit pas.

— C'est une terrible accusation. De qui parlez-vous donc ? De vous ?

— Demandez à quiconque, ici, combien de fois j'ai franchi le portail de cette maison. Tout le monde vous dira que c'était aujourd'hui la première en huit ans.

— Parce qu'ils sont vos complices ?

— J'agis seule. Je doute que l'un d'eux sache que ma situation ne relève pas d'une préférence pour la vie casanière. Mais la réputation de votre grand-mère en souffrirait, si le personnel se mettait à parler. Je préférerais que vous ne fassiez pas d'enquête.

— Sans investigation, tout reposera sur votre parole. J'ai déjà eu affaire à des employés mécontents qui lançaient de folles accusations. Je ne m'en inquiète guère.

Il était un peu préoccupé tout de même. Cette femme était différente des autres gens de maison. Et pas seulement par son physique et ses antécédents. À vingt-deux ans, elle avait acquis par la ruse le contrôle de la fortune d'une vieille femme ! En plus d'être douée en informatique, elle était infiniment plus dangereuse qu'elle n'en avait l'air !

— Que la police me croie ou non, elle va m'expulser, puisque je n'ai aucun droit légal d'être ici, dit Luli. Mes perspectives d'avenir au Venezuela sont nulles. J'ai dû prendre des dispositions pour parer à cette éventualité.

Gabriel n'avait jamais eu affaire à quelqu'un d'aussi audacieux pour lui soutirer de l'argent ! Malgré lui, il était fasciné.

— Le vol est puni par la loi, dit-il.

— Seulement quand il a lieu.

— Certes, convint-il.

Il sirota le reste de son café, laissant planer la menace qu'il venait d'émettre.

Il lui sembla que Luli pâlissait un peu, mais c'était

peut-être un effet de lumière, car le crépuscule tombait, réalisa-t-il.

— Vous pourriez m'éliminer, reprit-elle. Ou me faire disparaître. J'ai paré aussi à ces éventualités. Ma valeur réside dans ma capacité à inverser le processus que j'ai mis en place.

— Je suis certain de pouvoir l'inverser moi-même avant qu'il ait accompli trop de dégâts.

— Vous avez sans doute raison.

Elle ne transpirait même pas. Seul le battement rapide de l'artère à la base de son cou trahissait sa nervosité.

Gabriel avait un faible pour les énigmes. Il y avait encore en lui un gamin de douze ans brûlant de pirater son propre système pour y dénicher les « surprises » qu'elle y avait dissimulées. Pour le plaisir du jeu. Et il y avait aussi un homme de trente et un ans tenté de percer le mystère féminin…

— Si vous dites vrai sur les conditions dans lesquelles vous avez vécu ici, on pourrait faire valoir qu'en prenant le contrôle des avoirs de ma grand-mère je prends aussi possession de vous.

Elle était de nouveau figée dans une immobilité déroutante. Seule, peut-être, sa bouche avait frémi.

— Peut-être, concéda-t-elle d'une voix pas tout à fait ferme. Je suis au top de ma valeur marchande, pour le moment. Si vous vouliez me vendre, par exemple, cela vous rapporterait beaucoup.

Il se dit qu'elle lui attribuait une conscience à géométrie variable, et en fut contrarié.

— Bien sûr, dans ce cas, je m'efforcerais d'utiliser à mon avantage ce que je sais des affaires de Mae, continua Luli.

— C'est comme ça qu'elle vous a acquise ? À une vente aux enchères ?

Si tel était le cas, il remettrait sans hésiter la fortune de Mae aux autorités. Il n'en voulait pas !

— Non.

Pourquoi était-elle nerveuse ? Parce que son histoire était vraie ? Ou son mensonge trop lourd à porter ?

— Ma mère, dit-elle, vivait dans un immeuble que mon père possédait à Caracas. Il faisait partie du gouvernement et était marié à une autre. Il a vendu l'immeuble à votre grand-mère sans prendre de dispositions pour maintenir ma mère dans les lieux. Celle-ci a donc conclu un marché : si Mae la laissait rester, elle pourrait me prendre comme employée en échange. Je paye la dette de ma mère.

Stupéfait, Gabriel l'entendit nommer une somme en bolivars qui équivalait à cent mille dollars. Était-ce donc là la valeur d'une vie humaine ? De la menue monnaie ?

— Vous aviez quatorze ans, à l'époque ?

— Oui.

— Pourquoi ne vous êtes-vous pas enfuie ?

— Pour aller où ? Si votre grand-mère détient toujours mon passeport, il a expiré depuis longtemps. Je n'ai aucun droit d'être ici et rien ne m'attend au Venezuela. Je pourrais vivre dans la rue, j'imagine, et travailler au noir comme d'autres clandestins. En quoi cela vaut-il mieux que ce que j'ai ici ? Au moins, je suis à l'abri, nourrie et logée.

Et ce filet de sécurité lui avait été retiré du jour au lendemain. Il commençait à comprendre ce qui la motivait.

— J'ai de la reconnaissance envers votre grand-mère, poursuivit-elle. Il y avait aussi un homme chez ma mère, ce jour-là. Je suis sûre qu'elle m'aurait livrée à lui, si Mae ne m'avait pas emmenée.

Une vive répugnance le prit à l'idée qu'on puisse exploiter une femme de cette manière, quel que soit son âge !

— Mae ne vous payait réellement pas ?

— Je crois… qu'elle me considérait un peu comme sa fille. Elle ne me versait aucun salaire parce qu'on ne rémunère pas un parent qui œuvre pour les affaires familiales.

— Si elle vous considérait ainsi, pourquoi n'est-ce pas *à vous* qu'elle a légué ses biens ?

— Elle disait… que, le moment venu, elle arrangerait un mariage pour moi. Je ne sais pas si elle était sérieuse.

— Qui est au courant de cet accord ?

— Je n'en ai parlé à personne. Je ne crois pas qu'elle l'ait fait de son côté.

Car, quelles qu'aient pu être les nobles motivations de Mae, retenir Luli contre sa volonté était un crime.

Ou alors, Luli venait de lui servir un mensonge total. Or, sa grand-mère n'étant plus de ce monde, il ne pouvait pas lui demander si elle avait réellement retenu auprès d'elle une jeune domestique non rémunérée pendant *huit ans*.

— Monsieur Dean…

— Gabriel.

— Monsieur Dean.

Il eut comme un frisson, tant l'accent de sa voix était chaud et musical, en dépit de cette adresse cérémonieuse.

— J'apprécie que vous m'ayez donné la possibilité de m'expliquer. Si vous êtes disposé à poursuivre cette conversation, j'aimerais reprogrammer le minuteur du portable.

Gabriel Dean était indéchiffrable. Intimidant, avec sa puissance physique, sa richesse et son influence. Luli le soupçonnait de laisser s'égrener les secondes pour le simple plaisir de lui infliger du tourment. De tester ses nerfs.

Elle s'obligea à soutenir son regard, refusant de renoncer à son maigre avantage avant qu'il accepte ses conditions. S'il pensait que tout ce qu'elle avait dit était une invention, il découvrirait à ses dépens que c'était vrai.

Il lui adressa un hochement de tête.

Avec une lenteur calculée, en dépit des battements précipités de son cœur, elle alluma l'ordinateur, mettant à profit le fait qu'elle avait le dos tourné pour se redonner une contenance. Elle devait déverrouiller l'écran à l'aide du lecteur d'empreintes digitales et en même temps composer un code, avec deux essais seulement pour y parvenir, en moins d'une minute. Ayant réussi, elle réalisa l'opération qui leur accordait trente minutes supplémentaires avant le déclenchement de la bombe logique.

En se retournant, elle vit que Gabriel s'était levé. Il avait ôté son veston pour l'abandonner sur le canapé. Sa chemise glissée sous une étroite ceinture soulignait sa large carrure et accentuait sa taille mince.

— Encore un peu de *kopi* ? lui proposa-t-elle en s'avançant vers le plateau de service pour éviter de s'approcher de lui.

— Non, merci.

Il déposa sa tasse sur le plateau. Était-ce une contre-manœuvre ? Il avait, nota-t-elle, une mâchoire bien sculptée, anguleuse et nette, fascinante à étudier pour un artiste. Ou pour une jeune femme qui, comme elle, avait passé son adolescence entourée de femmes et de quelques hommes d'âge mûr.

Gabriel la toisa en plissant les yeux.

— Combien voulez-vous ?

— Ce n'est pas du chantage.

— Ça a la couleur du chantage, le goût du chantage, mais ce n'est pas du chantage, c'est ça ? railla Gabriel, parodiant une célèbre publicité.

— Je ne veux pas que ça le devienne, précisa-t-elle, résolue à tenir bon. J'ai eu d'amples occasions de voler. Ma position de confiance auprès de votre grand-mère est due au fait que je ne l'ai jamais trahie. J'ai travaillé pour elle en toute bonne foi, pour la remercier de m'avoir libérée de ma mère.

— Mais vous n'êtes plus tenue d'être loyale envers elle à présent ?

— Je n'y suis pas tenue envers vous.

Il ne changea pas d'expression, mais elle sentit pourtant l'odeur du danger, et eut envie de prendre la fuite.

— Pas encore, ajouta-t-elle, luttant pour cacher sa peur.

— Quelle personne êtes-vous donc, Luli ?

Il avait parlé avec mépris mais, alors qu'il la regardait de haut en bas, elle crut voir que ses yeux s'attardaient sur sa poitrine. Soudain, elle eut une conscience aiguë du frottement de sa robe contre ses seins. Leurs pointes se raidirent, et une vague de chaleur l'inonda.

Quand Gabriel releva les yeux, elle vit passer dans son regard de la curiosité. Et quelque chose d'avide. Luli savait qui il était depuis des années, et s'était renseignée sur lui tout comme elle l'avait fait sur les fauves ou les vipères, sans vraiment croire à l'existence de ces créatures qu'elle n'avait jamais vues, mais en sachant qu'il faudrait se méfier si elle se retrouvait un jour face à l'une d'elles.

Elle était terrifiée. Pourtant elle tenait bon. Elle n'avait pas d'autre choix, de toute façon !

— Je vous propose de travailler pour vous au même titre qu'avec votre grand-mère.

— Gratuitement ?

— Plus ou moins. Je vous assisterai pendant la période de transition en échange d'autre chose.

— Je n'ai aucune raison de vous faire confiance. Nettoyez le bazar que vous avez mis, fit Gabriel en désignant l'ordinateur, et votre dette envers ma grand-mère sera effacée. Vous serez libre de partir et de faire ce que vous voulez.

Luli eut soudain l'impression que le sol s'effondrait sous elle.

— Et pour aller où ? demanda-t-elle en maîtrisant son intonation pour ne pas laisser voir sa peur. Je n'ai pas d'argent. Si je voulais vivre en réfugiée, il y a des années que j'aurais pris la fuite.

Elle était si *lasse* d'être impuissante !

— Vous voulez rester ici ? Pas question. Je prendrai le contrôle, ne fût-ce que pour vous empêcher de faire main basse sur la fortune de Mae. Vous êtes devenue inutile, Luli.

— Je sais. Pourquoi croyez-vous que je fais ça ? lâcha-t-elle avec la colère ardente et l'émotion qu'elle avait refoulées pendant des années.

— Que voulez-vous, alors ?

Les choses qu'elle désirait étaient tellement hors d'atteinte ! L'amour, la sécurité, un endroit où elle se sentirait chez elle... C'était du luxe. Elle devait pourvoir à ses besoins.

— Aller dans une des capitales du mannequinat. New York de préférence.

— Vous voulez devenir top model ? dit-il avec mépris.

— Vous trouvez que je ne suis pas assez jolie pour ça ?

— Pourquoi n'avez-vous pas déjà essayé ? Le secteur de la mode est florissant, à Singapour.

— Pour les jeunes femmes asiatiques. Mon physique ne convient pas à ce marché. Et ce n'est pas un métier où il suffit de franchir une porte. Il faut se préparer, constituer un book, trouver un agent...

Gabriel désigna l'ordinateur.

— Vous avez des possibilités. Pourquoi n'avez-vous pas essayé d'avancer grâce à ça ?

— Votre grand-mère ne pouvait pas diriger ses affaires sans moi. Et elle ne m'aurait jamais pardonné. Elle en voulait terriblement à votre mère d'être partie sans sa permission.

L'éclat soudain du regard de Gabriel lui révéla qu'en abordant ce sujet particulier elle franchissait une ligne rouge. Nerveuse, elle résista à l'envie de se triturer les mains.

— Je me suis débattue ces dernières années, consciente qu'elle avait besoin de moi, mais aussi que les atouts dont je dispose – la jeunesse et la beauté – ne dureraient pas éternellement. Si je veux en tirer parti, c'est le moment.

— N'oubliez pas votre intelligence retorse.

— Je préférerais qu'on m'estime pour mes qualités intellectuelles, mais qui engagerait une personne sans accréditation, ni même un logement et un ordinateur personnel ? Vous êtes l'une des rares personnes capables de comprendre et de reprendre le travail que j'effectue pour votre grand-mère. Et je ne vous serai pas utile longtemps. Je ne l'ignore pas.

Luli lutta pour garder contenance alors qu'elle poursuivait :

— Le décès de Mae me contraint à assurer mon avenir le plus rapidement possible. Les mannequins qui ont le bon look peuvent travailler n'importe où. Elles sont bien payées, et les agences les aident pour leurs déplacements et leurs titres de résidence.

— Vous venez de souligner que personne n'entre dans cette profession sur un claquement de doigts.

— Tout dépend de mon parrainage, non ?

Elle venait de s'aventurer sur un terrain dangereux, sans étai, et elle risquait de perdre pied. Gabriel haussa les sourcils. L'audacieuse petite souris qu'il tenait entre ses griffes continuait de se faire entendre malgré la brutalité de son coup de patte !

Un vague sourire aux lèvres, il lâcha :

— Je me demandais à quel moment nous en viendrions à une invite de ce genre.

Du bout du doigt, il lui effleura la tempe, cueillant dans cette ébauche de caresse une mèche vagabonde qu'il lui ramena derrière l'oreille. Si elle avait pu parler, les mots se seraient sans doute étranglés dans sa gorge, car il prolongea sa caresse en promenant le doigt sur son cou, puis la chair tendre en dessous de la mâchoire, et l'obligea à relever le menton.

— Si agréable que cette perspective puisse paraître, dit-il d'une voix sensuelle qui la fit frissonner, je n'ai nulle envie de vous laisser faire main basse sur l'argent de ma grand-mère. Ni sur moi-même.

Gabriel résista à l'attrait tentateur des lèvres pulpeuses et entrouvertes de Luli. Son pouvoir sur tout ce qu'il contrôlait venait de son autodiscipline. Céder à la tentation, surtout physique, était puéril. Mais le désir, intense, et la frustration étaient là…

— Je ne… c-cherchais pas à… vous accorder mes faveurs en échange de…

— Le bégaiement est bien vu ! La plupart des hommes ne résistent pas au numéro de la damoiselle en détresse ! lança-t-il.

C'était la première fois qu'elle montrait de la vulnérabilité, elle avait jusque-là déroulé sa prestation avec des nerfs d'acier. Mais il n'était pas dupe, et lâcha :

— Moi, cela me laisse de marbre.

En apparence, du moins. Car à la vérité il mourait d'envie de l'attirer contre lui pour laisser libre cours à ses fantasmes, mais aussi parce que quelque chose en elle le remuait. Il avait envie de la protéger. De la rassurer.

Elle ne discuta pas, ne formula pas d'autres protestations. En un éclair, elle recouvra sa personnalité de joueuse d'échecs.

— Le sexe n'est donc absolument pas à l'ordre du jour ? s'enquit-elle d'un ton qui le convainquit que quelque chose lui échappait.

— Je n'impose jamais ce genre de relations, et je ne paye jamais pour ça. Je suis en revanche tout à fait disposé à m'y adonner, de jour comme de nuit.

— Dans ce cas, j'ai d'autres propositions qui pourraient vous intéresser. Le mariage, par exemple.

Sous le coup de la surprise, il resta un instant silencieux, mais se reprit aussitôt pour rétorquer :

— Vous voulez que je vous épouse ? Honnêtement, je ne vous croyais pas capable de me stupéfier encore plus. Merci, mais c'est non. Très peu pour moi !

Ô surprise ! Cette escroqueuse si pleine d'audace semblait sincèrement interdite par sa réaction.

— Je ne cherche pas à *vous* épouser. Vous êtes beaucoup trop jeune, ajouta-t-elle.

— Me voici détrompé, dit-il d'une voix traînante. Et encore plus stupéfait.

— J'ai toujours pensé que je serais un excellent faire-valoir. Je suis disposée à envisager le mariage avec l'homme âgé et fortuné que vous m'indiquerez, pourvu que cela fasse de moi la résidente d'une ville importante, comme New York ou Londres.

— Vous voulez épouser quelqu'un qui aurait deux fois votre âge ?

— Au moins trois fois. Je n'ai que vingt-deux ans.

— Là, vous exagérez un peu !

— Votre grand-mère a épousé un homme plus âgé et ça lui a réussi. Elle était veuve à trente ans.

— Je ne suis pas un proxénète.

Il était révulsé, et voyait rouge à l'idée que de vieilles mains lubriques caressent ces formes voluptueuses.

Luli avait peut-être les yeux humides et les lèvres tremblantes, mais il n'en tira aucune sensation de triomphe. Il était captivé par la perfection absolue de son profil pur, aussi gracieux que celui d'un camée. Elle était, en cet instant, si lointaine et inaccessible qu'il en fut retourné, travaillé par un désir nostalgique qu'il n'aurait pas su définir.

— Très bien, dit-elle en se rapprochant du portable. Je déferai tout ce que j'ai fait si j'ai votre parole que ça effacera ma dette envers Mae et que je serai libre de partir. Pas de police, alors.

Il perçut la défaite dans sa voix et éprouva un sentiment d'échec, alors qu'il avait pourtant remporté la partie. Il n'était pas prêt à ce que le jeu se termine, mais il hocha la tête en signe d'approbation.

Elle posa le doigt sur le lecteur d'empreintes.

— Juste pour être bien claire…, commença-t-elle.

Un pressentiment l'envahit – mêlé d'excitation. Il avait cru qu'elle renonçait. Mais cette rouée ne semblait pas connaître le sens du mot « abandon » !

— Oui ? dit-il avec désinvolture.

— Quand je dis *tout*…

— Le nettoyage ne sera pas vraiment complet, hein ? dit-il, s'autorisant à être en colère – cela valait mieux que de se laisser aveugler par l'audace insolente de cette femme.

— Si Luli est inutile, tout ce qui relève d'elle l'est aussi, dit-elle avec logique.

— Venez un peu ici.

Elle ne bougea pas, mais eut la présence d'esprit de retirer les mains de l'ordinateur et d'éteindre l'écran.

— Avez-vous conscience que je suis très dangereux ?

— Avez-vous conscience que je n'ai pratiquement plus rien à perdre ? Et ne me remerciez surtout pas de toutes les occasions où j'ai demandé à votre grand-mère : « Est-ce une opportunité que vous aimeriez porter à la connaissance de votre petit-fils ? » Vous auriez pu l'aider à gérer ses affaires. Cela n'a pas été le cas. C'est *moi* qui l'ai fait. Pour rien, si ce n'est un toit au-dessus de ma tête et trois repas par jour.

— Et vous pensez pouvoir me le faire payer en effaçant quelques documents ? Toutes les données que vous avez pu compromettre peuvent être récupérées à partir des sauvegardes. Et le coût n'en sera guère élevé.

— Je l'estime à dix millions de dollars, sur la base des pénalités encourues pour ne pas avoir conclu à temps certains contrats.

— C'est ce que vous pensez valoir ? lança-t-il, railleur. Dix millions de dollars ?

Comme s'il l'avait aiguillonnée, elle avança d'un pas. La colère la rendait encore plus sexy et, ajoutée à sa voix rauque et profonde, détournait sa concentration.

— J'ai pensé des années durant que je valais moins que rien. Depuis l'instant où je vous ai envoyé un message pour vous avertir de l'accident de Mae, ma seule pensée a été de devoir vous prouver ma valeur. Mais en réalité c'est ma mère qui est en dette. Et ma valeur est celle que *je* décrète. Si vous voulez me jeter à la rue comme un chien errant, vous en sentirez la morsure.

Il y eut un coup discret à la porte et une femme d'un certain âge passa la tête dans l'entrebâillement après l'avoir entrouverte.

— Veuillez m'excuser, monsieur Dean, on m'a indiqué que vous vouliez me voir dès mon retour.

— L'infirmière de Mme Chen, dit Luli en laissant discrètement glisser ses cheveux devant ses joues pour masquer sa rougeur – elle s'était véritablement échauffée pendant la confrontation.

Gabriel adressa un signe à la nouvelle venue.

— Entrez donc.

Il se tourna vers Luli et désigna l'ordinateur portable.

— Mettez ça en attente pendant quelques heures.

Puis dites au majordome de nous préparer un dîner, je vous prie.

Il avait besoin de temps pour réfléchir, bon sang !

Le regard de l'infirmière alla de l'un à l'autre, tandis que Luli regagnait le bureau et tapait sur le clavier. Quelques secondes plus tard, elle avait refermé la porte derrière elle.

L'infirmière n'apporta pas plus d'informations à Gabriel qu'il n'en avait déjà. Elle lui présenta ses condoléances ; il lui promit de l'indemniser pour qu'elle ait le temps de trouver un autre poste. Elle s'inclina à demi quand il la congédia.

— Un instant, lui dit-il. Depuis combien de temps vous occupiez-vous de ma grand-mère ?

— Presque vingt ans, monsieur.

— Vous connaissez Luli depuis son arrivée ici, donc. Pendant combien de temps a-t-elle travaillé dans ce bureau ?

— Depuis le début, monsieur.

— L'idée est venue de ma grand-mère ?

— Oh ! tout à fait, monsieur ! Mme Chen n'a jamais été pour les téléphones et les ordinateurs. Elle trouvait que ce n'était pas sain, et elle a amené ici Luli par commodité. Luli parlait espagnol et votre grand-mère venait d'acquérir des propriétés en Amérique du Sud.

— Luli était très jeune alors, n'est-ce pas ? Comment était-elle ? Effrayée ? En colère ?

Ramenée à ses souvenirs, l'infirmière prit une expression lointaine.

— Silencieuse, dit-elle.

— Parce qu'elle ne parlait que l'espagnol ?

Gabriel pensait rarement à ses années d'adolescence, mais il se rappelait des filles allant par groupes, animées, toujours en train de babiller entre elles. Luli avait dû se sentir bien isolée.

— Elle parlait un peu anglais, mais le problème c'était le patch. J'ai dû le lui ôter de la langue. J'avais totalement oublié ça, dit l'infirmière.

— Quel genre de patch ? demanda-t-il vivement.

— Pour perdre du poids. Elle était déjà mince comme un fil, mais les jeunes femmes s'infligent les pires supplices pour être à la mode. Mme Chen l'a protégée contre elle-même, si vous voulez mon avis.

3.

Une série de coups secs frappés à la porte réveillèrent Luli. Elle jeta un coup d'œil à son réveil, réglé de façon à ne pas manquer le moment de reprogrammer le minuteur du portable. Il ne sonnerait pas avant une heure.

— Luli, dit la voix de Gabriel. Ouvrez ou j'entre…

Elle se leva en hâte et lissa sa robe avant d'aller ouvrir à un Gabriel au regard noir. Ses yeux se posèrent sur l'oreiller écrasé du lit à une place, les murs nus, la table de nuit où étaient posés un réveil et une brosse à cheveux.

— Que faites-vous ? demanda-t-il.

— Je dormais.

— Vous êtes censée dîner avec moi. Pourquoi avez-vous dit au majordome que je souperais avec lui ?

— Vous avez dit : « Dites au majordome de nous préparer à dîner. » J'ai supposé que le « nous » le concernait.

Elle s'était endormie en pensant au moment où il avait failli l'embrasser. Qu'aurait-elle ressenti s'il avait posé les lèvres sur les siennes, si sa main s'était posée sur ses fesses, ses seins ? Glissée entre ses jambes ? Elle éprouvait à cet endroit une sensation de chaleur qui la déconcertait. Dès qu'elle pensait à lui, ou était en sa présence, elle avait des frissons, les jambes molles. Comment était-ce possible ? C'était très gênant.

— Je n'ai pas faim, dit-elle d'une voix enrouée.

— Ce n'est pas une requête.

Il s'était exprimé d'un ton dur, et elle sut que tout le mal qu'elle s'était donné pour faire pression sur lui n'avait servi à rien.

— Au jardin, dit-il, s'écartant pour indiquer qu'elle devait ouvrir la marche.

En arrivant, elle découvrit que la table avait été mise sur une nappe en soie, avec la plus fine porcelaine de Mae. Une domestique apporta le hors-d'œuvre, un bol de *laksa* au curry avec des crevettes et des coques. Gabriel maniait ses baguettes avec la même aisance qu'elle.

— J'ai donné sa soirée au majordome. Après avoir précisé qu'il n'était pas mon cavalier, dit-il, pince-sans-rire.

Le majordome allait lui tordre le cou lorsqu'il la reverrait ! pensa-t-elle.

— Il n'a guère émis de compliments sur vous lorsque je l'ai questionné à votre sujet.

Elle ne fut pas vraiment surprise qu'il ait effectué une telle enquête, mais elle frémit. Nul, dans le personnel, n'aurait dit quelque chose de gentil sur elle. Et elle trouvait humiliant que le mépris de ces gens devienne le thème central de ce dîner déjà pénible.

— J'étais présente lors de ses entretiens avec Mae quand ils examinaient les dépenses de la maison. Ma tâche consistait à établir le compte rendu des performances et à suggérer les augmentations de salaire, expliqua-t-elle.

Gabriel eut un rire sidéré.

— Vous êtes-vous fait un seul ami ici ?

— Vous serez peut-être le premier, dit-elle avec dérision.

Elle guetta une réaction d'humour de sa part, mais elle ne vint pas, et elle rumina le rejet qu'il avait opposé à ses prétendues avances. Soudain dépourvue d'appétit, elle posa ses baguettes.

— J'ai lu votre message, annonça-t-il.

— Oh ! dit-elle, réalisant de quoi il parlait.

Il avait dû pirater le système pendant qu'elle dormait, bien sûr. Et il avait trouvé son avertissement de ne pas s'aventurer plus loin.

— Je pensais que tout ça n'était que du bluff, mais ces quelques lignes bien tournées ont un pouvoir sidérant ! J'ai mon idée pour contourner ça. J'aurai réussi à pénétrer dans le programme avant d'aller me coucher, dit-il avec assurance, rompant la queue d'une crevette.

— Vous comprenez que ça ne se limite pas à ça ?

— Le contraire me décevrait, répondit-il avec un sourire aussi faux que celui qu'elle lui décochait. Où avez-vous appris le codage ?

— Nous devions concevoir notre propre site Internet, en classe. On nous avait donné à choisir parmi des modèles standards. Comme j'avais envie d'une autre présentation, j'ai trouvé le moyen de m'introduire dans l'interface pour personnaliser le mien.

— Afin d'avoir des points en plus ?

— Pour me distinguer du lot. Nous devions aussi choisir un hobby. J'ai opté pour la programmation et contribué à des projets en open source. Et, depuis mon arrivée ici, j'ai eu le temps et l'opportunité d'acquérir d'autres compétences. Mae aimait que je sache manipuler les choses comme elle le voulait.

— Les bons codeurs sont très recherchés, souligna Gabriel.

— C'est pourquoi je vous démontre mes capacités. Mais, sans références, qui me prendrait au sérieux ? À quelle porte pourrai-je frapper quand je serai expulsée et que j'aurai les poches vides ?

— Vous ne correspondez pas au stéréotype du crack en informatique expert en codage, je vous l'accorde.

Gabriel darda sur elle un regard pénétrant, et elle faillit toucher ses cheveux pour s'assurer que son chignon ne s'était pas défait. Il parvenait à la faire douter de tout, bon sang !

La domestique échangea leurs bols de potage contre un plat de raie grillée. Alors que Luli prélevait un peu de chair de poisson et la trempait dans la sauce, Gabriel demanda :

— Êtes-vous préoccupée par votre poids ?

— Je ne suis pas portée sur le poisson.

— Demandez autre chose, dit-il.

— Je ne vois pas en quoi faire la fine bouche améliorera mon statut. Il n'y a pas de problème. J'aime le riz au chili.

— Selon l'infirmière, vous portiez un patch minceur sur la langue à votre arrivée ici. Pourquoi ?

— Pour perdre du poids, dit Luli.

Il valait mieux ne pas chercher à biaiser avec un homme tel que Gabriel. Mais elle savait aussi où les mènerait cette conversation, et elle aurait préféré l'éviter.

— Pourquoi vouliez-vous maigrir ?

— Pour avoir un atout supplémentaire. Ma mère avait exigé de l'école qu'elle me le fasse poser. Beaucoup de filles se faisaient faire des liposuccions ou retoucher le nez. Le patch, ce n'était rien, à côté.

— Quelle école irait pratiquer ce genre de choses ?

— Une école qui forme des candidates aux concours de beauté.

— Vous vous entraîniez pour des concours de beauté ?

— Qu'est-ce qu'il y a de choquant ? J'étais une des mieux placées !

— J'ignorais que ce genre d'endroits existait. C'est dans cette école-là que vous créiez un site web ?

— Pour établir notre présence en ligne dès le plus jeune âge, oui. J'avais onze ans quand j'ai commencé le mien, et ça m'aurait fait une bonne carte de visite, mais il y a longtemps qu'il a été supprimé.

— C'est dans ce but que vous vouliez un site original ?

— Tout était compétition.

— Donc, là-bas non plus, vous n'aviez pas d'amies ? dit Gabriel.

— Certaines filles étaient sympathiques. Selon ma mère, le but n'était pas d'être élue la plus gentille fille de l'école, mais de remporter la couronne. Même si elle avait prétendu viser ce titre, une fois, afin de manipuler une rivale et la battre.

— Votre mère participait à des concours de beauté ?

— Oui, et elle a remporté les plus importants.

— Pourtant, elle n'a pas de quoi se payer un appartement.

— Elle a des goûts dispendieux. Et elle en voulait à mon père. À moi aussi, je crois.

— Pourquoi ?

Luli soupira, elle n'avait pas envie de revenir là-dessus.

— Comment peut-on proclamer qu'on est la plus belle femme du monde, si votre fille est en passe de vous voler le titre ?

— Charmant personnage ! ironisa Gabriel. Personne n'a remarqué que vous aviez laissé tomber et disparu ?

— Elle a raconté que j'étais partie chez des parents. Quelques camarades m'ont questionnée par mail, j'ai confirmé. La vérité était trop…

Luli laissa sa phrase en suspens. Aujourd'hui encore, quand elle pensait à la désinvolture avec laquelle sa mère s'était débarrassée d'elle, elle avait un affreux coup au cœur. Sa mère était l'égoïsme incarné. Elle avait eu une liaison avec un homme marié, et sa grossesse n'avait été qu'un moyen de se faire entretenir. Luli n'avait été pour elle qu'un atout commode, et elle ne l'avait certes jamais aimée comme une mère est censée aimer sa fille ! Cela avait créé en Luli un manque que

Mae n'avait pas comblé, mais qu'elle s'était du moins efforcée de compenser.

— Je ne regrettais pas d'être loin de ma mère, reconnut Luli. Je ne voyais pas l'intérêt de révéler la vérité. Dans le meilleur des cas, on l'aurait mise en prison et j'aurais vécu comme une orpheline sans perspectives d'avenir. Sans même aller en classe.

— Vous désiriez participer à ces compétitions ? Ou bien elle vous y a contrainte ?

— J'y ai vu une opportunité et je m'y suis inscrite. Je n'ai participé qu'aux concours nationaux pour les plus jeunes. Je suis partie avant d'aborder les compétitions pour adolescentes. Je suis convaincue que je réussirais dans les concours internationaux, aujourd'hui. Mais ça exige des moyens, il faut gagner les concours de beauté intermédiaires, c'est une affaire de longue haleine.

— Les concours de beauté peuvent ouvrir la voie au mannequinat. Serait-ce un si mauvais point de départ ?

— Au Venezuela ? Dès qu'on parlerait de moi, ma mère s'immiscerait dans ma vie. Autant l'éviter.

— C'est surtout à cause de votre mère que vous ne voulez pas être expulsée ?

— Oui, dit Luli, triturant la chair de la raie sans en reprendre la moindre bouchée.

— Cessez de torturer cet animal, il est déjà mort, dit Gabriel, prenant l'assiette à laquelle elle avait à peine touché pour la poser sur la sienne, à présent vide. Je vais finir, puisque vous ne mangez pas.

— Je continuerai la programmation, car ça peut rapporter un bon salaire, mais là aussi il faut du temps. Mes atouts physiques me permettent de viser un succès rapide dans le mannequinat. Vous n'êtes pas de cet avis ?

S'il disait qu'elle n'était pas assez séduisante, elle modifierait sa stratégie.

Il examina son visage, avec un regard semblable à une caresse.

— Je ne nierai pas que vous êtes belle, dit-il d'une voix embrumée.

Retenant soudain son souffle, elle attendit que l'étrange et douloureuse nostalgie qui l'avait envahie se résorbe.

Il détourna les yeux et son expression se durcit, au point qu'elle en eut le cœur serré. Elle avait envie qu'il continue à la contempler, envie de se sentir encore électrisée par son regard.

— Je vous demande seulement de m'emmener et de me donner le temps de m'établir, plaida-t-elle avec douceur. Je continuerai à me charger des investissements de Mae en échange du gîte et du couvert…

— Une véritable affaire, vu votre approche minimaliste de l'un et de l'autre.

Elle ferma brièvement les yeux, furieuse contre elle-même parce qu'elle avait trahi qu'elle était aux abois. Ignorant l'afflux de larmes qui lui picotait les yeux, elle envisagea d'autres moyens de persuasion. Gabriel n'avait pas semblé intéressé par des faveurs sexuelles en échange d'un service. Parce qu'il avait senti son inexpérience dans ce domaine ?

Des pas discrets se firent entendre. La domestique revenait avec deux plats de canard braisé sur un lit de petits légumes en julienne.

— Remportez ça, lui dit Gabriel avant qu'elle ait déposé celui de Luli. Et profitez-en vous-même. Nous partagerons le mien.

La domestique s'inclina, et se hâta de disparaître avec le plat… et de quoi commérer aux cuisines. Luli songea qu'elle serait bientôt accusée de coucher avec le petit-fils de Mme Chen. Ils ne se doutaient guère qu'il lui avait déjà opposé un refus !

— Monsieur Dean…

Il leva le menton d'un air d'avertissement.

— Gabriel ? dit-elle à voix basse, désireuse de ne pas être entendue tant elle avait l'impression d'outrepasser ses droits.

— Mangez ! lui ordonna-t-il. C'est à mon tour de faire la conversation.

C'était pourtant *lui* qui avait posé toutes ces questions, la forçant à parler, et parler encore. Elle croqua un bâtonnet de radis aigre-doux.

Gabriel l'observa en plissant les yeux et en sirotant son vin.

— Vous m'avez accusé d'avoir négligé ma grand-mère. Elle a déshérité sa fille – ma mère – avant ma naissance. J'ai rencontré Mae pour la première fois à l'enterrement de ma mère, quand j'avais sept ans. Il s'est ensuite écoulé cinq ans avant que je la revoie. Mon père m'avait mis en garde contre son influence, et il la connaissait mieux que moi. Je l'ai revue ensuite aux obsèques de mon père, et nous sommes restés en contact – par votre intermédiaire, je le réalise aujourd'hui. Mais je n'ai jamais supposé que j'hériterais de sa fortune. Quant à la gestion de sa richesse… Comment aurais-je su qu'elle avait besoin d'aide ? Vous avez si bien fait votre travail ! Je n'avais aucune raison de m'inquiéter.

Était-ce un compliment ou un reproche ?

Il posa son verre et continua :

— Moi, en revanche, je n'ai nul besoin de vos services. Chen Enterprises m'appartient. Je l'engloberai dans mes affaires comme toute entreprise dont j'ai pris le contrôle, en la restructurant si nécessaire, et mes cadres se chargeront de faire le travail pour lequel je les paye.

Luli garda une expression figée, dissimulant son désespoir.

— Quant à vos menaces, elles n'ont aucune incidence sur ma vie. Je n'ai nul besoin de l'argent de ma grand-mère, et ses méfaits ne sont pas les miens. Je n'étais pas assez proche d'elle pour que la destruction de sa réputation m'affecte. C'est vous qui subirez les conséquences, si vous dynamitez son héritage. Je m'en tirerai indemne.

Luli en avait conscience, au fond. Elle savait qu'elle n'avait aucun réel pouvoir d'influence. Elle n'avait rien et elle n'était rien. Sa gorge se serra, et elle dut faire appel à toute sa volonté pour contenir ses larmes.

— Donc, je vais être expulsée ? demanda-t-elle, le cœur battant à grands bonds désordonnés.

Gabriel ne répondit pas.

— Vous ne mangez pas ? Suivez-moi, alors.

Il se leva et s'engagea dans la maison. Elle s'attendait plus ou moins à être conduite dehors, mais il grimpa le large escalier pour gagner la chambre de Mae. Elle le suivit à pas lourds, telle une condamnée qu'on menait à l'échafaud.

Elle n'était entrée qu'à de rares reprises dans cette pièce, terrain d'action de la femme de chambre de Mae et de son infirmière. Elle était de style classique, un peu suranné peut-être. Le miroir qui surmontait la coiffeuse s'ouvrait comme une porte de placard. Gabriel fit apparaître un coffre et en tapa la combinaison.

— Comment avez-vous…

— On peut ouvrir sans difficulté ces vieux coffres en revenant au code par défaut.

Il retira un porte-documents en cuir, et le lui tendit.

— Je cherchais son testament, et j'ai trouvé ceci.

— Qu'est-ce que c'est ?

Elle fit coulisser la fermeture à glissière et sortit une série de rapports sur des hommes d'affaires chinois : leurs photos, la nature de leurs entreprises, leur valeur financière, les éventuels points noirs qui auraient pu inquiéter Mae en cas de partenariat avec eux.

— Je ne sais pas pourquoi elle gardait ça dans son coffre, dit-elle, découvrant un document intitulé « Contrat de mariage ». Oh ! mon Dieu !

Elle expédia le tout à la volée, si bien que les photos et les feuilles couvertes de l'écriture en pattes de mouche de Mae valsèrent dans la pièce avant de retomber à terre.

— Pourquoi tant de surprise ? fit Gabriel. Vous disiez vous-même qu'elle voulait vous arranger un mariage.

— Je ne savais pas qu'elle le faisait pour de bon !

Elle considéra les documents avec horreur. Qu'avait donc espéré obtenir Mae, en la livrant à un homme ? Quelle valeur lui attribuait-on, cette fois ?

— Elle propose une dot très généreuse, dit Gabriel. Il y a un arrangement décent en cas de divorce, notamment si vous tenez au moins cinq ans. Des clauses excellentes si vous mettez des enfants au monde, des héritiers mâles en particulier.

Elle avait cru que Mae voulait la garder. Qu'elle faisait du bon travail pour elle. Quelle dégradation que d'être là devant Gabriel, confrontée à la preuve qu'elle n'était qu'un objet de marchandage dans un énième contrat d'affaires ! Une esclave, en quelque sorte

— Le plus âgé des hommes qu'elle a sélectionnés travaille dans le textile, lâcha Gabriel, en déchiffrant un dossier. Il est malade du cœur.

Luli tourna la tête, l'air traqué. Sa conscience le tourmentait, mais il ne s'était pas encore remis lui-même de sa découverte. Il avait retiré du lot la chemise qui portait son propre nom pour voir si Luli trahirait qu'elle en avait remarqué l'absence.

Elle semblait sincèrement secouée par l'existence de ce dossier. Le fait qu'il ait été rangé dans le coffre lui disait que Mae avait tenu à ce qu'il reste privé. Ses notes manuscrites sur les candidats révélaient qu'aucun de ces hommes d'âge mûr ne répondait à ses attentes, surtout par comparaison avec lui. C'était cela, la découverte la plus perturbante. Ils n'étaient que des pis-aller. Mae avait souhaité que ce soit *lui* qui devienne le mari de Luli !

Car elle semblait bel et bien l'avoir considérée comme sa fille. Les recherches qu'il avait effectuées pour voir si Luli figurait sur le registre du personnel ou tout autre document concernant la maisonnée n'avaient abouti à rien. Le majordome lui avait montré son organigramme, où Luli ne figurait pas. « Elle avait son propre arrangement », avait-il dit, l'air offensé. Selon lui, s'il fallait une réduction de personnel, Gabriel devait commencer par se passer d'elle.

Gabriel se rappelait ce qu'il avait ressenti lorsque l'argent qu'il avait gagné honnêtement, et non sans mal, avait servi à entretenir son père. Il n'aurait pas dû en concevoir de la rancune. Comme Luli l'avait dit, la famille soutenait la famille ; mais son père avait renoncé à faire le moindre effort. Et c'était à Gabriel, à un tout jeune âge, qu'était échue la responsabilité de nourrir, vêtir et loger son père.

Luli éprouvait sans doute la même colère impuissante que lui. Elle avait fait ce qu'on attendait d'elle, mais ce travail n'avait pas été reconnu. Sa seule récompense était qu'elle devrait bientôt recommencer pour un inconnu, qu'il s'agisse de lui-même ou d'un autre homme.

— Je n'épouserai personne, dit-elle d'une voix frémissante, fixant les feuillets à terre. Vous ne pouvez pas m'y forcer.

— Calmez-vous. Je veux dire que j'honorerai les intentions de Mae, si c'est ce que vous voulez.

Il cherchait uniquement à la tester, à vrai dire.

— Pas question !

Elle se couvrit le visage, cherchant à se ressaisir.

— Vous prétendiez que vous seriez une excellente femme trophée. Et ceci y correspond.

Gabriel n'avait jamais aspiré à avoir une épouse, quelle qu'elle soit. Il était choqué et indigné que Mae ait pu croire qu'elle pouvait se mêler ainsi de sa vie.

— Je veux me marier comme je l'entends, dit Luli, faisant écho à ce qu'il ressentait.

L'expression douloureuse de son visage lui retourna le cœur.

— Je croyais qu'elle m'aimait bien. Pourquoi faire une chose pareille ?

Il avait son idée, mais demanda plutôt :

— Mettait-elle les choses en ordre parce qu'elle jugeait que son heure approchait ?

— Je ne pense pas, dit Luli avec plus de calme alors qu'elle réfléchissait. Une domestique est partie se marier, l'année dernière. Mae a commenté cet événement en me promettant que je ne serais pas obligée d'épouser quelque pêcheur puant le poisson et qu'elle me trouverait un bon mari. Mais elle m'a dit aussi à d'autres occasions qu'elle me ramènerait au Venezuela pour que je dise ses quatre vérités à ma mère. Je ne crois pas qu'elle me mentait sciemment. Elle évoquait souvent des projets qui ne se réalisaient pas. Redécorer la maison, prendre sa retraite… Elle disait que, lorsque vous viendriez en visite, elle vous emmènerait voir les sites intéressants.

Gabriel avait vu tout ce qu'il désirait voir à Singapour, où il était venu plusieurs fois sans jamais avertir sa grand-mère qu'il était en ville. Il eut un pincement au cœur. Mae avait-elle eu l'intention de le présenter à Luli ? De superviser leur rencontre amoureuse ?

Si c'était le cas, qu'est-ce que ça pouvait faire ? Il n'avait jamais projeté de se trouver une épouse. Et nullement désiré que sa grand-mère défunte lui en trouve une !

— Je ne veux pas épouser un de ces hommes et rester prisonnière pour le restant de mes jours, dit Luli d'une voix blanche. Pourquoi voulait-elle me faire ça ?

Pourquoi Mae avait-elle voulu lui faire ça, *à lui* ? Dans les deux cas, la réponse était la même.

— Elle était en colère parce que ma mère ne s'était pas pliée au mariage qu'elle voulait pour elle. Les enfants méritants laissent à leurs parents le soin de leur trouver un bon partenaire, expliqua-t-il.

— Je ne suis pas sa fille, et je ne ferai pas ça !

— Mais ceci prouve qu'elle vous considérait comme sa fille adoptive. Elle s'intéressait à votre avenir comme l'aurait fait une mère – selon sa conception. Elle ne cherchait pas un mari aux femmes de chambre. Seulement à vous.

En réalité, les employés étaient autorisés à s'établir en fonction de leurs années de service. Gabriel avait montré cette partie du testament de Mae au majordome et lui avait demandé de réduire drastiquement le nombre des gens de maison.

Cependant, Luli n'en faisait pas partie. Gabriel pouvait lui verser de sa poche toute compensation qu'il estimait juste et ignorer les volontés de sa grand-mère. Il n'avait aucun devoir envers elle. Mais c'était Mae qui avait donné la vie à la femme qui l'avait mis au monde. Luli pouvait lui apprendre au sujet de sa grand-mère, et peut-être même de sa propre mère, des choses que tous les autres ignoraient probablement.

Luli s'approcha de la fenêtre, d'où elle scruta la cour. Ses épaules paraissaient menues, et sa silhouette fragile en dépit de sa taille élancée.

— Je crains qu'on ne me mette en prison, si j'avoue que je suis ici depuis longtemps. Mais je ne peux pas rester. Je ne le veux pas, et rien ne m'y retient. Personne n'interviendrait en ma faveur pour m'aider à trouver un emploi ou un logement. Ils me détestent parce que je n'ai jamais fait la lessive ou le ménage. Ils me considèrent comme un parasite.

Elle agrippa le haut de ses bras avec tant de force que ses doigts laisseraient sans doute des marques sur sa peau fine.

— Luli, dit Gabriel en s'approchant d'elle et en piétinant les dossiers des autres prétendants, ma grand-mère voulait qu'on veille sur vous. Ceci en est la preuve.

Il désigna les profils des millionnaires que Mae n'avait pas jugés à la hauteur pour épouser sa fille adoptive.

— Elle voulait me donner à un étranger comme… comme un objet, fit-elle, les yeux humides et brillants de colère.

— Je ne pense pas que ce soit vrai, dit-il.

Il avait pourtant suggéré, tout à l'heure, qu'elle n'était qu'un des biens dont il héritait. Il n'avait pas besoin du legs de Mae mais, s'il comptait l'accepter, il devait l'accepter en totalité – y compris le trésor qu'elle avait confiné dans cette demeure tel un avare.

Il embrassa du regard la vilaine robe de Luli et ses sandales plates, ses cheveux réunis sur la nuque, ses mains enfoncées dans les larges poches du vêtement.

Mae avait certainement eu ses raisons pour garder Luli auprès d'elle. Elle avait eu une haute opinion d'elle, au point de la juger digne de son unique petit-fils. Pour cette seule raison, il ne pouvait pas la chasser.

— Vous honorerez la dot si j'épouse l'un d'eux ? demanda-t-elle avec crainte, regardant les documents avec angoisse et désespoir.

Il éprouva de nouveau une répulsion féroce à l'idée que des mains de vieillard pourraient se poser sur ces courbes voluptueuses. Si quelqu'un devait la toucher, il voulait que ce soit *lui*.

— Non. Je veux que vous m'épousiez.

4.

— Quoi ? s'écria Luli, les yeux arrondis comme des soucoupes. Mais pourquoi ? Non !

— C'est ce qu'elle voulait.

Il revint au coffre et rapporta les feuillets qu'il avait ôtés du porte-documents, et où figurait sa propre photo.

— J'étais aussi dans le lot.

— Non, dit-elle encore, presque paniquée. Elle me demandait souvent de vous inclure comme élément de comparaison lorsqu'elle préparait des rapports de ce genre. Elle avait une très grande estime pour vous, elle évaluait les hommes d'affaires à l'aune de votre réussite.

— Au cours de l'année écoulée, elle m'a demandé neuf fois de lui rendre visite. Combien de fois a-t-elle invité ici ces autres hommes ?

— Ils habitent en ville. Elle voulait sans doute vous voir pour vous dire qu'elle vous léguait tout.

— Elle voulait que je fasse votre connaissance. Regardez.

Il feuilleta le rapport et lui montra le contrat de mariage établi à leurs deux noms.

Le hoquet étranglé qu'elle laissa échapper lui révéla qu'elle ne s'était pas attendue à un tel choc. Lui aussi avait été secoué. Et il avait voulu voir sa réaction, s'assurer qu'elle n'avait pas monté le coup.

— Vous ne voulez pas m'épouser ! N'est-ce pas ?

— Le mariage n'a jamais été une priorité pour moi, reconnut-il, tout en fronçant les sourcils.

Mae était la seule personne qu'il eût couchée sur son testament parce qu'elle était sa plus proche parente. S'il n'avait pas cherché à se marier et avoir des enfants, il avait ses raisons – entre autres qu'il lui faudrait d'abord écarter toutes les croqueuses de diamants avant de trouver quelqu'un de convenable.

Même si le fait que Mae ait comploté à leur insu le mettait mal à l'aise, il y avait quelque chose de commode dans le fait d'avoir une union et une descendance déjà négociées, de n'avoir plus qu'à donner son accord. C'était un moyen merveilleusement simple de ne pas introduire les sentiments dans l'équation.

— Vous pourriez juste me verser la dot, plaida Luli avec un faible espoir.

Si ce qu'elle lui avait raconté était vrai – et il commençait à croire que oui –, alors elle était trop inexpérimentée pour faire cavalier seul, surtout dans une grande métropole comme Paris ou New York, qu'elle eût ou pas de l'argent en poche.

— Il est fort probable que Mae comptait faire de notre mariage une clause de son testament, me léguer ses biens à condition qu'il ait lieu.

Il aurait probablement refusé, mais maintenant qu'il connaissait Luli il n'en était plus si sûr. Il voyait beaucoup de potentiel inexploité en elle.

— J'honore ses engagements envers le personnel, je devrais aussi vous procurer ce qu'elle comptait vous donner.

— Un mari ? Quelle chance ! ironisa-t-elle.

Il en fut à la fois amusé et blessé, comme par une insulte.

— C'est un moyen rapide de vous valoir une résidence à New York, dit-il en lui tendant le contrat. Lisez-le. Si vous le trouvez acceptable, nous le signerons demain, nous nous marierons et nous mettrons en route.

— Pour New York ? C'est vrai ?

Pour la première fois, il vit une lueur d'avidité dans son regard. Cela suffit pour qu'il ajoute, prudent :

— Comme ça, je serai sûr que vous ne détournerez pas des fonds sur un compte en Amérique du Sud et ne ferez pas circuler des nouvelles alarmantes concernant l'état de mes affaires. Ce serait une mauvaise publicité.

Elle inclina la tête d'un air soupçonneux.

— Suis-je censée tout désactiver maintenant ?

— Ce n'est pas un piège, dit-il, contenant un sourire parce qu'elle tenait bon et le défiait à chaque étape, et qu'il adorait ça. Neutralisez le minuteur. Je m'introduirai dans le système pour évaluer ce que vous avez fait. Il me déplaît que vous ayez trouvé des failles. Je les examinerai pour les verrouiller moi-même, afin que ça ne puisse pas se reproduire.

C'était peut-être ça qui l'attirait dans ce mariage, pensa-t-il alors qu'elle quittait la pièce en fronçant les sourcils. Il voulait outrepasser le système de défense de Luli et comprendre comment *elle* fonctionnait.

L'occasion semblait trop belle pour être rejetée. Le contrat de mariage était en effet très généreux. Mais Gabriel ne voulait pas réellement lui attribuer une allocation, n'est-ce pas ? Surtout aussi importante ! Et pour ce qui concernait les dispositions en cas de naissance ? Attendait-il qu'ils couchent ensemble ? Ou ne serait-ce qu'un mariage de convenance, non destiné à être consommé ?

Elle descendit tôt le lendemain pour discuter avec lui toutes ces questions, mais il était très pris. Des avocats et des officiels attendaient leur tour tandis qu'il signait des papiers, prenait des dispositions pour la crémation de Mae et tenait une courte conférence de presse.

Elle capta enfin son regard en s'attardant sur le seuil du bureau au moment où il congédiait quelqu'un.

— Prête ? lança-t-il, lui faisant signe d'avancer et considérant d'un air rembruni sa tenue.

Il lui avait demandé de se vêtir pour le voyage, mais elle ne possédait que ses robes de service. Elle avait prélevé dans la garde-robe de Mae les seuls vêtements assez amples pour dissimuler sa poitrine et ses hanches généreuses : une jupe plissée moutarde, une veste en brocart à double boutonnage si démodée qu'elle était munie d'épaulettes.

Elle adressa un sourire hésitant à l'avoué de Mae, assis avec un clerc de notaire sur le canapé, face aux papiers étalés sur la table basse. Le troisième homme se leva à son entrée.

Gabriel lui ôta les documents des mains tout en disant :

— Voici M. Johnson, de l'ambassade américaine. Il est en liaison avec les autorités vénézuéliennes pour faire établir d'urgence un passeport et un permis d'entrée aux États-Unis.

— Oh… Enchantée de vous rencontrer, dit-elle en serrant la main de l'Américain.

— Je me suis laissé dire que vous étiez très amoureux, lâcha ce dernier avec un large sourire.

— Monsieur va célébrer notre mariage, glissa Gabriel en se penchant pour apposer sa signature sur le contrat d'un geste décidé avant de tendre son stylo à Luli. Un mariage d'amour, bien sûr…

Un mariage… maintenant ? Luli ouvrit la bouche pour dire qu'elle était venue discuter du contrat, et non pas le signer. Mais M. Johnson attendait de lui remettre un passeport et le droit d'entrer aux États-Unis ! Il suffisait pour ça qu'elle se taise et signe.

Elle serra les lèvres et, d'une main nerveuse et maladroite, griffonna une signature très brouillonne. Il y avait une éternité qu'elle n'avait écrit en entier ses nom et prénom.

Gabriel remit le document à l'avoué, puis se tourna vers M. Johnson. Là, devant le bureau de Mae, où elle s'était tenue tant de fois, elle prononça ses vœux de mariage et fut déclarée épouse de Gabriel Dean…

— Vous pouvez vous embrasser, dit M. Johnson.

Soudain, Gabriel fut tout près d'elle. Son regard vert avait pris un sombre éclat, de prédateur. Sa paume virile se posa sur son cou et, tandis qu'il inclinait la tête, son large torse lui masqua le monde environnant.

Toutes ses pensées conscientes s'évanouirent alors que les lèvres chaudes et douces de Gabriel effleuraient les siennes. Cela éveilla en elle un curieux élan et elle se surprit à se hisser sur la pointe des pieds pour rencontrer plus fermement ses lèvres et apaiser cette sensation affolante. Tout à coup, leurs bouches se scellèrent…

Ils se figèrent, surpris l'un et l'autre. Puis les lèvres de Gabriel glissèrent sur les siennes avec une lenteur paresseuse, les entrouvrant légèrement. Étourdie, les yeux clos, elle fut traversée de sensations aiguës.

Il y avait ses lèvres viriles où s'attardait un léger goût de café, l'odeur de son après-rasage sur sa joue lisse, la caresse de sa langue qui provoquait comme une déflagration au tréfonds d'elle-même et accélérait les battements de son cœur.

Le baiser de Gabriel se fit plus avide. Elle se retrouva plaquée contre son torse solide, et se sentit étrangement bien entre ses bras puissants, même si cela avait quelque chose de vertigineux. Elle se pendit à son cou, s'abandonna contre lui, envahie d'une langueur délicieuse dans ce « cocon » si agréable. Elle aurait aimé que cet échange se prolonge à l'infini. C'était merveilleux.

Gabriel releva la tête et s'écarta d'un pas, avec une expression étrangement adoucie. Puis il se tourna vers M. Johnson.

— Merci.

Ce fut comme s'il avait déversé sur elle un seau d'eau froide. Elle avait toujours le vertige, mais elle comprenait que le baiser avait été destiné à édifier leurs trois spectateurs, et que Gabriel était loin d'en être aussi troublé qu'elle.

— Il faut faire les bagages, dit-il. Nous allons partir.

Elle acquiesça, un peu absente, sans regarder personne. Elle commençait à comprendre qu'elle avait remis son avenir aux mains d'un homme qui avait beaucoup plus de pouvoir que sa mère et que Mae. Gabriel exerçait sa domination sur tout ce qu'il touchait. Elle était sûre qu'il parviendrait à s'introduire dans le système en quelques jours. Ensuite, que deviendrait-elle ?

Elle se retrouverait de nouveau en terre étrangère, sans un ami au monde. Du moins, ici, elle avait une assise. Dès qu'elle serait partie, elle serait à la merci de Gabriel.

Peut-être fallait-il rester, pensa-t-elle alors qu'elle mettait quelques affaires dans un sac de voyage. Puis elle songea aux tâches dérisoires qu'elle accomplissait au quotidien. Les poissons regretteraient-ils la poignée de miettes de pain qu'elle jetait dans la mare tous les matins ? Manquerait-elle à quelqu'un après son départ ?

Sur le seuil de la maison, Gabriel reconduisait les visiteurs. Elle se rendit dans le bureau de Mae pour récupérer le portable.

— Que faites-vous ?

La voix du majordome la fit tressaillir.

— Je… Je fais mes bagages, dit-elle en enroulant le câble de connexion, qu'elle laissa tomber dans son sac.

— Non ! s'écria-t-il, indigné. Vous ne prendrez rien !

Il s'approcha et tenta de lui arracher son sac. Elle recula pour se dérober à ce geste hostile.

— Gab… M. Dean m'emmène à New York, expliqua-t-elle sans se résoudre à dire qu'ils venaient de se *marier*. J'ai besoin de l'ordinateur pour travailler.

— Vous ne travaillez pas !

— Si c'est à cause d'hier, je suis désolée, dit-elle. J'avais mal compris au sujet du dîner.

— Non, vous n'êtes pas désolée. Vous vouliez me ridiculiser. Vous avez toujours voulu être la favorite de Mme Chen, et maintenant vous voulez devenir celle de M. Dean. Sortez ! Tout de suite !

Il la saisit par un bras, et elle laissa échapper un petit cri, si surprise par cette agression qu'elle mit un instant à réagir et lutter contre son emprise.

— Lâchez-moi !

Ce qu'il fit, d'un geste si violent qu'elle chancela.

Gabriel apparut soudain devant elle, penché sur le majordome renversé à terre, dos au sol. Sa main serrait le cou de l'homme, dont le visage virait au rouge cramoisi.

— C'est *vous* qui allez partir, lui dit-il en l'agrippant par la chemise pour le remettre debout. *Immédiatement.*

Vacillant sous le choc, le domestique porta une main à son cou douloureux et se hâta de disparaître. Gabriel rajusta ses manchettes et sa cravate et lui lança :

— Nous partons !

D'un signe de tête, il lui indiqua de le précéder.

Gabriel voulait quitter les lieux au plus vite. Ce qui venait de se produire le rendait furieux. Il avait bel et bien failli tuer le majordome – qui avait la cinquantaine et ne faisait pas le poids face à un homme entraîné tel que lui ! Et ce n'était même pas en situation d'autodéfense ! Le majordome s'était certes montré brutal et grossier, mais il n'avait pas eu l'intention de faire du mal à Luli, seulement de la chasser de la maison.

Pourtant, Gabriel avait vu rouge. Il avait cédé à une impulsion instinctive, et restait perturbé par cette perte de contrôle. Pourquoi avait-il agi avec autant de violence ?

Son cerveau reptilien avait réagi à la menace exercée sur sa compagne, et c'était bien là le problème. Leur baiser lui donnait encore, rétrospectivement, des frissons. Il avait eu l'intention de s'en tenir à une caresse chaste, mais ses lèvres étaient si douces qu'il avait prolongé le contact, savourant l'élan fragile avec lequel elle avait entrouvert la bouche, et rien ne l'avait préparé au désir aigu qu'il avait ressenti lorsqu'elle avait quêté un baiser plus appuyé.

Quand les courbes voluptueuses de son corps s'étaient pressées contre lui, un afflux de sang avait fait palpiter son sexe, à l'unisson avec son cœur emballé. Il avait tout juste réussi à écarter Luli et à rester impassible, alors qu'il avait envie de chasser les trois spectateurs, et de prendre cette femme, *sa* femme, là, tout de suite…

La veille, en lui demandant – ou plutôt en lui imposant – de l'épouser, il avait cru s'assurer la partenaire idéale. Il pourrait avoir des liaisons et jouir d'une totale liberté sans craindre de blesser les sentiments de quiconque, et se préserver des émotions qui affaiblissaient les autres mortels.

Puis il avait eu un avant-goût d'une pulsion unique en son genre, sans rapport avec ses autres expériences. Un être animal avait surgi en lui, qui avait réagi à la rudesse du majordome avec une violence primitive.

— Pourquoi n'avez-vous jamais tenu tête à personne, ici ? demanda-t-il avec un reste de fureur qui parut la mettre sur la défensive.

— Dans quel but ? Me faire jeter à la rue ? Il n'avait pas tort. J'ai tout fait pour gagner les faveurs de Mae.

Ironie de la situation, cet aveu la lui fit paraître vulnérable et éveilla de nouveau le protecteur qui sommeillait en lui.

— Pas d'autre bagage, monsieur ? s'enquit le chauffeur en logeant dans le coffre l'unique valise de Gabriel.

— Il y a ça aussi, répondit-il, désignant le sac de Luli.

Il avait piètre allure. Comment une femme aussi belle, saine, intelligente, pouvait-elle se retrouver dans une telle situation ? Il avait passé la moitié de la nuit à examiner son codage. Elle n'avait pas bluffé sur son pouvoir de nuisance. Quelle créature déroutante !

— Que faites-vous ? demanda-t-il, réalisant qu'elle s'attardait, réticente à monter en voiture alors que l'humidité ambiante restait intense, même si la mousson avait cessé. Avez-vous oublié quelque chose ?

— J'ai peur.

Elle était pâle, dans la lumière blafarde du ciel plombé.

— Peur de quoi ?

— De vous. De ce que j'ai fait. De l'endroit où nous allons.

Il avait lui-même des arrière-pensées, mais une sorte d'élan implacable le poussait à emmener Luli loin de cet endroit.

— Vous ne pouvez pas rester ici, lui dit-il en lui tendant la main. Tout ira bien, Luli.

Cela ne lui ressemblait pas de rassurer une femme. Il aimait en sentir le corps nu auprès de lui, dans un lit, mais il n'était certes pas du genre câlin. Or, Luli suscitait en lui toutes sortes de petits élans qui lui étaient inconnus, comme autant de mises en garde…

Elle lui saisit la main, la serrant d'une façon qui le remua étrangement. Il prit place près d'elle dans le véhicule et lui rappela de boucler sa ceinture. Alors que la voiture démarrait, elle demanda :

— Est-ce que je pourrai avoir des poissons, un jour ?

— Je ne vois pas ce qui s'y oppose. J'ai plusieurs aquariums. C'est très apaisant.

— Ah ? Est-ce que je les verrai ?

— Bien sûr.

Il fut soudain frappé par le fait qu'elle vivrait avec lui, à l'avenir. S'il avait choisi les poissons comme animaux de compagnie, il y avait une raison : ils ne parlaient pas, et ne demandaient rien.

Bon sang, mais qu'avait-il donc fait ?

— Un chat, ce serait peut-être mieux, dit-elle en se tournant vers la vitre. Ce n'est pas drôle de vivre enfermé dans un bocal.

5.

— C'est le bon endroit ? demanda Luli d'un air dérouté. Où sont les gens ?

— Quels gens ? demanda Gabriel, descendant de voiture pour la rejoindre et acceptant le parapluie tendu par le chauffeur.

Un aéroport était un lieu animé, non ? Gabriel l'avait amenée sur un terrain paisible, où des rubans d'asphalte traversaient de vertes prairies courant vers l'horizon brouillé par la pluie. Le chauffeur remit leurs bagages à un steward, qui grimpa la passerelle qui menait à la cabine d'un avion aux grandes ailes triangulaires. Les hublots formaient un ruban tout le long du fuselage, et la queue était frappée du symbole chinois du dragon. Gabriel utilisait cet idéogramme dans ses logos depuis qu'il avait développé un jeu pour smartphones sur les dragons lorsqu'il était jeune garçon.

— Je ne dois pas montrer un passeport à la sécurité ?

— Vous l'aurez quand nous atterrirons à Paris.

— Paris ! s'exclama-t-elle. Vous aviez dit New York.

— Un petit détour pour faire du shopping.

Il jeta un regard sur sa tenue, et lui fit signe de monter à bord. Tout allait si vite ! Luli était étourdie. Et elle fut impressionnée, une fois à l'intérieur, aménagé comme un appartement.

Le pilote lui souhaita la bienvenue, puis invita Gabriel

à le rejoindre dans le cockpit pour étudier avec lui leur plan de vol.

— Puis-je vous conduire à votre cabine, madame Dean ? demanda une jolie hôtesse.

— Appelez-moi Luli.

Il faudrait, pensa-t-elle, qu'elle discute avec Gabriel de la nature exacte de leur mariage avant de se laisser donner du « madame Dean ». Elle était toujours tracassée par le fait qu'il n'avait pas été aussi envoûté qu'elle par leur baiser. Et il avait été si furieux, après l'incident avec le majordome !

Pleine d'appréhension, elle s'était immobilisée au bas de la passerelle. Elle n'aurait sans doute pas suivi Gabriel s'il ne lui avait pas tendu une main rassurante.

Stupidement, elle avait envie qu'il lui tienne encore la main, alors qu'elle suivait l'hôtesse au-delà du canapé et des fauteuils disposés devant un écran plat de télévision installé au-dessus d'une… *cheminée*-insert. Non, ce n'était pas comme un appartement, décida Luli, embrassant du regard le décor ébène et ivoire, tout de chrome et de verre, mais plutôt comme un vaisseau spatial !

L'hôtesse la mena dans une mini-suite aux tons gris. Il y avait un grand lit, un coin repas, un canapé, un bureau, un autre écran de télévision.

— Appuyez ici si vous avez besoin de quelque chose, dit l'hôtesse en lui désignant le bouton adéquat, près de la tête de lit, avant de se retirer.

Luli ouvrit un ou deux tiroirs : ils contenaient des vêtements masculins. Elle eut un coup au cœur. C'était la cabine de Gabriel !

Dans la salle de bains, des glaces et une lumière tamisée complétaient le décor bleu pastel. La paroi de douche était en verre givré, et les serviettes assorties au dessus-de-lit.

Luli se regarda dans le miroir. Gabriel avait raison,

cette veste à double boutonnage ne lui allait pas. Elle s'était efforcée de se fondre dans le décor pendant si longtemps qu'elle en avait presque oublié comment tirer parti de ses atouts.

Elle se lava puis, au lieu de s'attacher les cheveux, les laissa libres. Son épaisse chevelure ondulée avait toujours été, avec son teint couleur de miel, particulièrement jolie. Elle laissa la veste suspendue à la patère, ne gardant que son fin haut en tricot.

Elle marqua un arrêt avant de sortir. Gabriel, de l'autre côté de la porte, était au téléphone et parlait en français à quelque interlocuteur. Quand il la vit, il regarda le chemisier bleu qu'il tenait sur un cintre et le remplaça par un rouge. Il mit fin à son appel et s'adressa à elle.

— Pour vous… C'est plus confortable pour voyager. Et plus flatteur, enchaîna-t-il en lui tendant la chemise rouge et le pantalon. Même si c'est déjà mieux sans la veste.

Son regard viril s'attarda sur elle, et elle pensa à leur baiser.

— Merci, murmura-t-elle en prenant les vêtements. J'aimerais discuter de certaines choses avec vous, si vous êtes disponible.

— Bien sûr. Vos cheveux sont magnifiques. Je me demandais quelle était leur longueur.

Il baissa les yeux vers l'endroit où les mèches bouclées touchaient la rondeur de ses seins. Quand il leva la main pour en apprécier la texture soyeuse, elle se sentit faiblir. Elle demeura figée, ne sachant que penser, mais savourant le frisson qui lui parcourait la nuque, la naissance de l'épaule.

— Je me demandais si… Nous n'avons pas décidé si ce serait… un vrai mariage ? balbutia-t-elle.

— Vous avez signé le contrat. J'en ai déduit que vous consentiez à tout.

— Je n'ai pas eu la possibilité de signifier le moindre désaccord ! Tout est allé si vite ! Et la façon dont vous m'avez embrassée… J'ai cru que c'était pour la galerie.

— Pardon ? Vous faisiez semblant quand nous nous sommes embrassés ? demanda-t-il d'un ton si cassant qu'elle en trembla.

— Euh… Non.

— Vous ne semblez pas très sûre de vous.

— Si, j'en suis sûre. Mais je n'étais pas certaine que vous…

Elle déglutit, perdant pied.

— Je ne feignais pas, mais j'essayais d'éviter de me laisser aller, conclut-elle.

Il y avait, dans l'attitude de Gabriel, quelque chose qui lui rappela une anecdote ancienne. Lorsqu'elle était enfant – elle devait avoir sept ou huit ans – sa mère avait été photographiée avec un jaguar. Luli avait été fascinée par le fauve tacheté, mais le dresseur l'avait mise en garde : « Ne le regarde pas dans les yeux. »

Malgré cet avertissement, elle n'hésita pas à fixer le « fauve » auquel elle avait affaire en cet instant, et sut aussitôt qu'elle avait commis une erreur. Cela avait éveillé le prédateur qui sommeillait en lui. Il paraissait détendu, mais ses pupilles s'étaient dilatées. Elle en éprouva d'étranges sensations. Curieusement, ce n'était pas de la peur. Une sorte d'excitation ? Elle l'ignorait, mais elle n'arrivait pas à détourner les yeux, ni à bouger.

Il tira doucement sur la mèche qu'il tenait toujours entre ses doigts pour attirer Luli à lui, et elle fut bientôt assez près pour percevoir la chaleur de son corps viril. Il promena sur son visage un regard à la fois paresseux et intense.

Elle se surprit à contempler sa bouche virile quand, du bout du pouce, il lui caressa la base du cou, là où son pouls battait convulsivement.

— Tu as une très belle peau.

Il inclina la tête et, lèvres entrouvertes, posa la bouche contre son cou, précipitant les battements de son cœur. Ses seins se tendirent sous le tissu de son soutien-gorge, et elle sentit s'enflammer le cœur de sa féminité. Elle en oublia presque de respirer, alors qu'il promenait les lèvres sur sa peau, et son corps embrasé fut comme pris de faiblesse.

Dans un bruit de gorge bas et grave, il la mordit légèrement, puis imprima sur sa chair une légère succion, aussitôt apaisée par une caresse de la langue. C'était une sensation si délicieuse qu'elle renversa la tête, lui offrant son cou.

Avec un soupir de satisfaction, il la plaqua contre lui, lui prit les lèvres en un baiser brûlant, profond, avide, qui la fit défaillir. La tenant étroitement contre lui, il la souleva. Elle était prisonnière, les bras entravés, mais elle se moquait bien de ne pas être libre. Elle aspirait seulement à ce que le plaisir du baiser se prolonge.

La caresse de sa langue virile contre la sienne déclenchait dans son corps de petites décharges électriques, et elle laissa échapper de petits gémissements tandis qu'une excitation presque douloureuse gagnait chaque centimètre carré de sa chair. Gabriel lui caressa le dos, la taille, les hanches, avec une lenteur enjôleuse, et elle s'alanguit entre ses bras.

Les pans de son chemisier s'échappèrent de sa jupe. Il glissa les mains dessous, toujours plus haut, plaquant les paumes sur ses seins. Les pointes se dressèrent, très sensibles à ce contact. La senteur de Gabriel lui flattait les narines, et elle eut envie de s'y noyer. Elle tenta de lui ôter sa chemise, tout en happant sa langue entre ses lèvres.

Dans un souffle étranglé, il bascula la tête en arrière. Ses yeux gris-vert avaient pris la teinte d'un ciel d'orage.

— Fais-tu semblant ? demanda Gabriel.

Elle baissa les yeux sur ses mains viriles emprisonnées contre sa poitrine, sous le tissu tendu, puis sur les vêtements qu'il lui avait donnés, chiffonnés au sol.

— Non !

— Tant mieux, grogna-t-il avec satisfaction.

Sans avoir la moindre idée de ce qui la poussait, elle se lova contre lui. Du bout des pouces il lui agaça les tétons, et la caresse, pourtant atténuée par la présence du soutien-gorge, déclencha des sensations aiguës dans tout son corps.

— Je vais fermer la porte, souffla-t-il.

Confusément ramenée à un brin de conscience, elle lâcha d'un air lointain :

— J'allais la préserver.

— Quoi donc ? demanda-t-il en inclinant la tête, une sorte d'attraction magnétique semblant rapprocher leurs bouches.

Elle dut faire un effort pour parler avant qu'un baiser dévastateur efface en elle toute pensée.

— Ma virginité.

Gabriel s'immobilisa à un souffle de la bouche pulpeuse de Luli. Il hésitait, sur le fil du rasoir.

— Tu es vierge ?

— Oui, souffla-t-elle, la bouche toujours offerte.

— Et tu m'as embrassé comme ça ?

Son regard vert noyé de désir prit une expression incertaine.

— Je ne le fais pas comme il faut ?

Il avait une érection triomphante, le sexe tendu sous le pantalon comme pour atteindre plus vite le cœur ardent de sa féminité. Il la sentait excitée, et sa senteur le grisait, l'incitant à se perdre en elle. Il était prêt à tout pour la goûter, la sentir crier de plaisir contre sa bouche.

Mais il refusait de croire ce qu'elle prétendait.

— Recule un peu, lui dit-il.

Elle obéit, l'obligeant à la relâcher. Les pans du chemisier retombèrent, les pointes de ses seins saillant sous le tissu. Il tenta de rassembler ses idées.

— Suis-je vraiment le premier à t'avoir embrassée ?

— Le premier *homme*, rectifia-t-elle, sur la défensive. Il y a eu un garçon quand j'avais treize ans. C'était…

Elle fronça le nez, puis continua :

— … bizarre. Il y avait surtout des femmes, chez Mae, alors ça a été le seul.

S'ils jouaient au poker, elle venait de remporter la main avec ce qui n'était peut-être qu'un coup de bluff !

— Change-toi et va dans le salon, dit-il abruptement. J'ai besoin de quelques instants pour me remettre.

Et d'une douche bien froide…

Il s'enferma dans la salle de bains, tel un loup-garou s'enchaînant à un arbre avant sa transformation par une nuit de pleine lune, afin de ne pas avoir d'actes terribles sur la conscience le lendemain. Il se passa la main sur le visage, comme si cela pouvait faire disparaître l'ardeur qui l'avait saisi alors qu'il envisageait de passer la durée du vol au lit, avec elle.

Ce baiser avait été plus délicieux encore que le premier. Il n'avait pas vu de raison d'interrompre l'échange sinon pour assurer leur intimité. Bon sang, ils étaient *mariés* ! S'ils avaient envie de faire l'amour, qui les en empêchait ?

Mais Luli était vierge. Comment était-ce possible ? Et comment ne s'en était-il pas rendu compte ? Sans être un don Juan, il avait couché avec bon nombre de femmes et aurait dû percevoir son manque d'expérience. Il s'était trop laissé emporter par sa sensualité pour comprendre qu'elle était novice. Il avait cru qu'elle était aussi ravie que lui de leur accord sensuel, de la montée spectaculaire de leur excitation.

Et pourquoi sa virginité l'avait-elle refroidi ? L'idée d'être le premier pour Luli le mettait dans une tension extrême. Plus il la découvrait, plus elle lui semblait aussi particulière qu'elle proclamait l'être.

Mais la seule façon de vérifier qu'elle disait vrai était de la posséder. Or, si elle disait vrai, il devait s'interdire de la toucher…

Luli ôta ses vêtements, craignant à demi que Gabriel ne surgisse et ne la voie nue. Et ne la rejette une nouvelle fois.

Une part d'elle-même savait qu'il l'avait protégée contre son attitude impulsive. Pourtant, elle se sentait rejetée. Surtout, elle craignait de l'avoir rebuté par ignorance.

Le pantalon en lin à taille coulissante tombait sur ses hanches même après qu'elle eut serré le cordon, mais il suffisait de retourner le bas des jambes, car elle était à peine moins grande que Gabriel. La chemise était trop large aux épaules et il fallait aussi en retourner les manches, mais le tissu était doux et confortable, et l'odeur de Gabriel s'y attardait, ce qui était à la fois perturbant et agréable.

Elle se rendit dans le salon, s'assit dans un fauteuil et boucla la ceinture, puis examina les commandes sur le bras du siège. On pouvait choisir plusieurs inclinaisons, commander la télévision, la musique, les lumières, faire appel à un steward ou une hôtesse… Il y avait un écran avec un message de bienvenue, et même le compte à rebours d'avant décollage. Ils allaient s'engager sur la piste dans quelques secondes.

Gabriel apparut, les cheveux humides comme s'il venait de se doucher. Il retira un sac de shopping posé sur le fauteuil voisin et le posa aux pieds de Luli avant de s'asseoir.

— Je t'ai apporté de quoi t'occuper pendant le vol.

— C'est ton fauteuil ? C'est pour ça qu'il y a tant de commandes ? Désolée, dit-elle en s'apprêtant à déboucler sa ceinture.

Il lui fit signe de n'en rien faire.

— Ils sont exactement pareils, dit-il.

L'hôtesse apporta sur un plateau d'argent un verre à Gabriel, puis demanda à Luli :

— Puis-je vous apporter du champagne ? De la citronnade parfumée à la lavande ? Ou un cappuccino, peut-être ?

— De l'eau suffira, dit Luli.

— Très bien. Le pilote est prêt à s'engager sur la piste, si vous l'êtes aussi, monsieur ?

— Oui, merci.

L'hôtesse se retira, et le paysage au-delà des vitres commença à se mouvoir.

Luli ne savait pas comment aborder avec Gabriel ce qui s'était produit dans la chambre. Ses yeux baissés tombèrent sur le sac, qui piquait sa curiosité. Il contenait des boîtes avec l'emblème du dragon. Et une pochette pervenche.

— Ouvre-les, l'encouragea Gabriel.

Elle déballa une tablette, un casque à réduction de bruit active, des oreillettes sans fil et d'autres accessoires qu'elle n'avait vus qu'en ligne, sans imaginer qu'elle en posséderait un jour.

— Un nouvel ordinateur ? fit-elle tout en continuant à déballer.

— Il te plaira. Il est plus puissant. Considère ça comme un remerciement parce que tu m'as fait prendre conscience d'une vulnérabilité dans mon programme. J'ai découvert de quelle façon tu t'y es introduite et m'en as bloqué l'accès. Ingénieux, mais ça ne se reproduira pas.

Luli rangea les paquets mais conserva la pochette pervenche. Son cuir suédé était d'une douceur incroyable, et elle était munie d'un petit fermoir doré. Elle croyait deviner qu'il s'agissait d'un smartphone dans son étui. Elle n'avait tenu en main que celui de Mae, juste le temps de faire des réglages. Elle n'avait pas de téléphone personnel, elle n'avait personne à appeler.

L'hôtesse lui apporta de l'eau et, avant de s'asseoir pour le décollage, ouvrit en pressant un bouton le petit caisson situé près du fauteuil de Luli. Le haut coulissa, révélant un compartiment de stockage capitonné.

— Pour vos paquets, dit-elle.

— Merci, murmura Luli, qui conserva la pochette sur ses genoux.

— Ne vous alarmez pas si vous entendez un bruit pendant l'ascension. Le jet est conçu pour que le bang supersonique se réduise à un claquement, comme celui d'une portière, mais il se pourrait que vous le remarquiez. C'est tout à fait normal.

L'hôtesse s'éloigna, et Luli demanda à Gabriel :

— Ton avion a une vitesse supérieure à celle du son ?

— Celui-ci, oui. Il y a des lois à respecter selon les pays, alors j'en possède d'autres pour traverser les espaces aériens où seule une vitesse subsonique est permise.

D'autres. Au pluriel, nota-t-elle.

Le paysage défila à une vitesse accélérée, se brouilla et disparut sans qu'un tressautement ou un bruit quelconque signale qu'ils avaient décollé.

Luli effleura le fermoir de la ravissante pochette, et se décida à l'ouvrir. Elle renfermait bel et bien un mobile, en métal or rose dont le pourtour incrusté de strass avait un dessin gracieux qui le distinguait de tous les rectangles banals du marché. Elle avait peur d'en ternir l'éclat avec des empreintes de doigts.

Un voyant s'alluma et une voix féminine dit : « Bonjour, Luli. » Les mots apparurent sur l'écran, puis s'évanouirent, laissant place au logo du dragon et à une série d'icônes.

— Reconnaissance faciale, dit Gabriel.

— C'est pour ça qu'il t'a fallu tant de temps pour ma photo de passeport, hier ? Tu scannais mon visage ?

— Si ça te déplaît, tu peux modifier les paramètres. Recourir au lecteur d'empreintes pour l'ouvrir.

— Je sais que tes usines maîtrisent ces technologies, mais c'est tout de même très… coûteux.

— Très, répéta Gabriel, impavide. Il est en or et les diamants sont vrais aussi. Prends-en bien soin.

— Quoi ?! Mon Dieu, pourquoi m'as-tu fait un cadeau pareil ?

— Tu es mon épouse. Les gens s'attendent à ce que tu aies ce qu'il y a de mieux.

Elle secoua la tête, ne sachant toujours pas comment comprendre le mot « épouse ». Elle tenta de se ressaisir et voulut boire un peu d'eau, vite distraite par les cubes réfrigérants en forme de diamant qui flottaient dans son verre, tous gravés du symbole du dragon. Ils semblaient dorés à l'or fin.

— Tu es très différent de ta grand-mère. Mae n'aimait pas étaler sa richesse. Elle craignait que les gens ne soient encouragés à la voler s'ils savaient ce qu'elle possédait.

— Cela explique pourquoi elle te tenait enfermée. Elle ne voulait pas qu'on sache à quel point tu lui étais précieuse. Comment était-elle, au quotidien ?

— Casanière. Après avoir réalisé qu'elle pouvait accomplir beaucoup de choses en ligne, elle a travaillé à la maison, et ne se rendait à Chen Enterprises que pour des réunions.

— Elle n'a pas joué un rôle actif dans ma vie parce qu'elle désapprouvait sa fille de s'être enfuie avec un Américain et de l'avoir épousé.

— Elle avait des idées très arrêtées sur la loyauté et elle n'accordait pas facilement du crédit à autrui. Quelqu'un a dû détruire sa confiance autrefois.

— Ma mère ?

— Peut-être. Mais elle se défiait beaucoup des hommes. Cela a un rapport avec le directeur commercial corrompu qui avait tenté de l'escroquer, je pense. Elle n'employait un homme que s'il était marié et lui présentait sa femme. Elle ne voulait pas que les femmes de chambre aient un mari, ni un petit ami. Elle estimait que ça les distrairait trop.

— Elle contrôlait tout.

— Oui mais, à sa façon, elle était bonne. Une fois, j'ai attrapé un virus, et elle a fait venir le médecin, elle m'a apporté du potage et m'a veillée pendant mon sommeil.

Luli eut soudain la gorge nouée par l'émotion.

— Elle va me manquer.

— As-tu entendu parler du syndrome de Stockholm ? demanda Gabriel en vidant son verre. C'est le lien de confiance et de loyauté qu'un otage éprouve envers son ravisseur.

— Ce n'était pas comme ça entre nous !

Était-ce ce qu'elle commençait à éprouver envers Gabriel ? Elle lui avait presque livré son corps, quelques moments plus tôt, et pourtant elle le connaissait à peine.

— Mae ne parlait jamais de ma mère, sinon pour se plaindre de sa désobéissance ?

Il parut ne pas attacher d'importance à la question, mais elle devina en lui un réel besoin de savoir.

— Mae n'était pas du genre à faire des confidences ou à revenir sur le passé. J'ai appris qu'elle avait une fille à son retour de l'enterrement de ton père. J'étais présente quand elle a donné à son avocat l'ordre de récrire son testament pour t'y inclure. Jusqu'alors, je croyais qu'elle suivait tes investissements pour des raisons professionnelles.

Maladroitement, elle ouvrit la petite poche latérale du portefeuille pervenche et y trouva une carte de crédit platine à son nom. Elle la rangea aussitôt ; elle n'était pas prête à utiliser des fonds mis à sa disposition.

— Je crois que ta grand-mère était fière de toi, dit-elle.

Il haussa les sourcils, l'air sceptique.

— Je ne dis pas ça pour te flatter. D'ailleurs, elle revendiquait un certain rôle dans ta réussite.

— Son ADN aurait donc fait de moi ce que je suis ? Peut-être. Dieu sait que je n'ai hérité de mon père aucun talent caché. Mais je commence à croire que c'est à *toi* que Mae devait son succès.

— Je ne prétendrais jamais rien de tel. Tu n'es pas obligé d'être aussi... gentil avec moi, dit-elle. Tu as pitié de moi ?

— Tu m'as dit ce que tu valais, Luli. Comporte-toi comme si tu y croyais réellement.

Gabriel se rendait à Paris au moins une fois par an et presque toujours avec une femme. Il aimait se comporter en partenaire généreux au lit comme dans les boutiques. Plus d'une lui avait reproché d'offrir des biens matériels à la place de ses sentiments, ce qu'il ne pouvait pas réfuter.

Si on lui avait demandé la raison de sa réticence affective, il aurait mis ça sur le compte de son entraînement aux arts martiaux. Au fond de lui, il savait que c'était tout simplement dans sa nature d'être distant. Il n'avait jamais cultivé d'amitiés intimes. Cela avait-il son origine dans le deuil qui l'avait frappé dès l'enfance ? Dans la peur de devenir un être vide et ravagé par l'alcool, comme son père ? Cela s'y rattachait sans doute, mais les gens régis par leurs émotions finissaient par s'y noyer. Il n'avait aucune envie d'éprouver des sentiments *éperdus*.

Cependant, Luli n'était ni son employée ni sa maîtresse, et n'entrait dans aucune des cases où il rangeait les gens – pas même celle de parente perdue de vue. Il l'avait *épousée*, il en était donc responsable.

Elle s'était immobilisée devant la porte ouverte du jet, tendant le cou telle une chatte humant l'air, captant du regard les nuages rose pâle qui flottaient dans le ciel vespéral, la voiture sur le tarmac, les gens qui les attendaient.

— Il y a quelqu'un en uniforme, en bas, dit-elle en reculant contre lui.

C'était un contact érotique et enjôleur, et il en éprouva une étrange sensation. Instinct de protection, réalisa-t-il en la saisissant par le bras pour la rassurer.

— C'est un douanier, dit-il en se forçant à la relâcher. Il n'y a pas de problème. Vas-y.

Elle descendit avec précaution la passerelle, devant lui. L'assistante de Gabriel l'aborda avec un sourire en lui tendant une enveloppe.

— Votre passeport, madame Dean.

— Vous permettez ? glissa l'agent des douanes, qui examina le document avant de le remettre à Luli. Merci. Je vous souhaite un bon séjour. Content de vous revoir, monsieur Dean. *Toutes nos félicitations*, acheva-t-il en français.

Il leva sa casquette en guise de salut et s'éloigna, tandis que Luli lâchait un « merci » médusé.

— Voici votre extrait de naissance et votre certificat de mariage, ainsi que mes coordonnées, continua l'assistante en lui remettant une enveloppe. N'hésitez pas à faire appel à moi en cas de besoin.

— Merci, dit de nouveau Luli, les yeux brillants.

Gabriel adressa un remerciement à l'assistante et entraîna Luli, l'incitant à monter à l'arrière de la voiture. Ce fut avec des mains tremblantes qu'elle sortit de l'enveloppe les documents.

— Mon certificat de naissance, dit-elle, émerveillée.

Ses mains tremblaient toujours lorsqu'elle replia le papier avec d'infinies précautions pour qu'il entre dans sa pochette bleu pervenche.

— As-tu froid ? demanda Gabriel en lui touchant la main.

Elle replia les doigts autour des siens et serra, portant sur lui un regard embué.

— Merci, murmura-t-elle d'une voix étranglée.

— Pourquoi pleures-tu ?

— Parce que…

Sa voix se brisa, et elle se tamponna les yeux avec un mouchoir avant de reprendre :

— Je ne sais pas comment, mais je te revaudrai ça. Je te le promets.

— Pourquoi ? Ce n'est rien.

— Non, c'est moi qui n'étais rien. Maintenant, j'ai recouvré la chose la plus importante du monde : *moi-même*. Merci.

Lorsque plusieurs stylistes dont elle ne connaissait les noms que grâce aux magazines de Mae l'accueillirent dans un show-room privé avec podium de présentation, qu'on lui offrit du champagne et du caviar, Luli dut se retenir pour ne pas lâcher un rire incrédule.

— Une garde-robe complète, dit Gabriel. Pour le jour et la nuit, le bureau, les soirées. Faites ce que vous pourrez d'ici demain, et envoyez le reste à mon adresse de New York.

— *Mais bien sûr, monsieur*, répondit la styliste en français. Ce sera un plaisir.

— Gabriel…, commença Luli, s'apprêtant à protester.

— N'oublie pas ce que j'ai dit, rappela-t-il. Je suis un homme qui n'en tient que pour le meilleur, et j'ai besoin que tu sois au diapason. Le public va beaucoup s'interroger sur la raison de notre mariage. Apporte une réponse.

Ces paroles éveillèrent la compétitrice qui sommeillait en elle. Elle voulait montrer qu'elle était digne d'être sa femme. Peut-être voulait-elle aussi prouver sa valeur à Gabriel. En tout cas, elle voulait se prouver quelque chose à elle-même.

Gabriel, lui, se retira en disant qu'on n'avait pas besoin de lui, et rappela à Luli qu'ils sortaient dîner.

— Revenez demain pour d'autres essayages, dit-il à la styliste.

— *Parfait. Merci, monsieur*, répondit celle-ci avec calme.

Mais la façon dont tous s'affairaient indiqua à Luli qu'il s'agissait pour eux d'une affaire importante. Que *Gabriel* était très important.

On lui présenta des pièces qui ne demandaient plus qu'un ourlet ou des finitions minimales, qu'elle pourrait porter immédiatement. Alors qu'une petite main, pourtant rapide, se faisait houspiller par sa patronne qui ne cessait de lui répéter : « *Vite ! Vite !* » Luli murmura :

— Vous allez devoir travailler toute la nuit. Je suis désolée.

— *Pas de problème*. M. Dean est un client très apprécié. C'est un honneur pour nous que de fournir votre trousseau. Savez-vous où il vous emmène dîner ? Nous devrions choisir la robe pour cette occasion, afin que j'effectue les retouches pendant qu'on vous coiffera et maquillera. Il faut que ce soit une toilette fabuleuse ! Le monde entier aura les yeux braqués sur vous !

Avec un coup au cœur, Luli comprit qu'elle allait être officiellement présentée comme l'épouse de Gabriel.

Elle ne savait toujours pas ce que signifiait leur mariage. Gabriel avait gardé le silence sur leurs éventuelles relations physiques après l'aveu qu'elle lui avait fait avant leur départ de Singapour. Pendant le vol, ils avaient discuté du nouvel ordinateur, des investissements de Mae… Ils avaient somnolé sur leurs sièges sans quêter le confort du lit. Et elle n'avait pas su comment s'y prendre pour savoir s'il voulait qu'ils partagent la même couche…

Elle aurait aimé savoir ce qu'il pensait, maintenant qu'elle lui avait révélé sa virginité. L'avait-il embrassée parce qu'il la trouvait séduisante ? Ou parce qu'elle avait signé un document qui lui accordait des droits conjugaux ?

En plus de sa jeunesse et sa beauté, l'une des rares choses qu'elle possédait et était libre de donner ou marchander était sa virginité. Elle avait supposé que cela avait une valeur auprès de certains hommes, mais Gabriel ne semblait pas en faire partie.

Pourtant il devait aimer le sexe et les femmes. La place qu'elle occupait en ce moment, choisissant des tenues qu'il payerait, avait été celle d'autres femmes avant elle. Puisqu'il était un « client très apprécié ».

Il était étrange de détester des femmes qu'on n'avait jamais rencontrées, et pourtant elle les détestait ! Luli ne pouvait pas jauger ses compétitrices et savoir comment les surclasser. Elle ne pouvait que tenter de tirer le meilleur parti possible de ses atouts, et elle en avait bien l'intention !

Rassérénée, elle se prit au jeu des essayages et fit son choix.

— Celle-ci ! dit-elle à la styliste en admirant la robe qu'elle venait de passer.

Vue de dos, c'était une robe du soir qui laissait une épaule nue, en soie rouge-rose, avec une jupe en mousseline qui s'ouvrait en corolle quand elle marchait. Le bustier épousant la poitrine était à la fois sexy et raffiné.

Luli accepta des escarpins argent à hauts talons, puis passa dans le salon voisin, où elle fut coiffée, manucurée, et reçut les soins d'une esthéticienne. Mais elle tint à se maquiller elle-même.

Des années s'étaient écoulées, mais elle n'avait pas oublié comment se farder et mettre son visage en valeur. Pourtant, lorsqu'elle fut devant la glace, fin prête, elle eut le sentiment de voir une inconnue. À vingt-deux ans, elle n'était plus une adolescente jouant à se parer, mais une femme. Une belle femme.

— Comporte-toi comme si tu y croyais, souffla-t-elle au visage empli d'appréhension qui se reflétait dans le miroir.

La retoucheuse survint en disant :

— M. Dean est là. Oh ! quelle merveille ! Il va en rester sans voix !

— Merci, lui dit Luli, acceptant le compliment avec grâce.

Elle s'examina une dernière fois, prit un port altier.

— Vous préférerez peut-être ceci ? dit la retoucheuse, lui proposant une pochette noire en crocodile avec une fermeture en argent très travaillée.

Pendant tout le temps consacré aux essayages, Luli n'avait jamais perdu des yeux sa pochette pervenche, terrifiée à l'idée qu'elle puisse disparaître. Elle transféra dans la pochette noire les documents, et remit la bleue à la couturière, qui promit de l'emballer avec les effets qui iraient dans le coffre de la voiture.

Une forte émotion menaça de la submerger alors

qu'elle songeait à ce que Gabriel lui avait apporté en lui donnant ces documents légaux. Des possibilités, un avenir, une existence. Un don bien plus important que n'importe quelle robe haute couture !

Elle se laissa envahir par la gratitude jusqu'à ce que sa joie se reflète dans son sourire et son maintien. Puis, avec grâce, elle gagna le salon de réception.

Gabriel, après d'ultimes recommandations à la styliste, se retourna – et resta le souffle coupé.

Une déesse venait vers lui, balançant gracieusement les hanches. Sa chevelure ondoyait en liberté, mêlant des mèches caramel et paille qui effleuraient la peau dorée de ses épaules nues.

Elle avait le visage lumineux et pur d'un ange. Exception faite de quelques lignes hardiment tracées au pinceau pour souligner ses yeux, elle était à peine fardée. Ses lèvres appétissantes étaient accentuées par un rose délicat et brillant. Et son sourire exprimait de la joie. Elle était sublime.

Elle s'immobilisa, prit la pose, pivota pour lui montrer l'arrière de la robe, qui flotta autour d'elle alors qu'elle avançait avec un regard joueur. Elle avait si habilement exécuté ce petit numéro qu'il laissa couler un rire de plaisir.

— Note maximum pour la première impression, j'espère, lui dit-elle sans timidité, souriante, très maîtresse d'elle.

Elle était sexy en diable !

« Elle est vierge », se remémora-t-il. Pourtant, s'il se retenait de la prendre, là, tout de suite, c'était uniquement parce qu'ils avaient un public – fasciné et conquis.

Luli attendait son jugement, réalisa-t-il en voyant son sourire tendu

— Tu as affolé le compteur, lui dit-il, lui prenant la main pour la porter à sa bouche, qu'il aurait aimé poser sur des endroits bien plus intimes de son corps. Tiens, c'est pour toi.

Avec douceur, il lui écarta les doigts pour lui passer une bague.

Elle manifesta l'émerveillement attendu à la vue du diamant bleu de quinze carats, taille marquise, dont la monture était sertie de diamants blancs pour mettre en valeur la teinte rare de la gemme maîtresse. Les femmes présentes poussèrent de petits cris d'excitation et de ravissement.

— Je ne sais pas quoi dire, murmura Luli d'une voix faible.

— Merci ? suggéra Gabriel, pince-sans-rire.

Et il fit ce qu'on attendait de lui : il la prit dans ses bras pour l'embrasser.

Elle se pendit à son cou, le cœur battant si fort et si vite qu'il en perçut l'écho contre son torse. Il ne lui donna pas un baiser appuyé, pour ne pas abîmer son rouge à lèvres, mais elle colla timidement ses lèvres aux siennes et, lorsqu'il la relâcha, elle baissa les yeux…

Il réprima un gémissement. Elle était peut-être vierge, mais sa réaction à sa caresse était d'un érotisme fou.

— Bonne nuit, mesdames. Vos efforts seront récompensés, dit-il en inclinant la tête.

On leur souhaita une merveilleuse soirée, et il escorta Luli jusqu'à la voiture en anticipant leur « entrée en scène ». Les femmes aimaient être vues avec lui, que la sortie soit professionnelle ou plus intime, et il se prêtait à l'exercice, mais avec ennui. Avec Luli, au contraire, il souriait déjà à la pensée qu'elle ferait sensation. Il était tout simplement fier d'être avec une femme qui rayonnait comme un soleil.

6.

Le restaurant, autrefois demeure d'un marchand d'art, était une maison située au cœur de Paris, ornée de toiles impressionnistes et d'antiquités. Un murmure se propagea parmi les dîneurs et au piano-bar alors qu'on les menait à un lieu réservé, sous une verrière qui n'accueillait qu'une table destinée aux clients les plus illustres. Une petite fontaine et une profusion de fougères apportaient quelque intimité, mais la verrière n'en offrait aucune. Cependant, Luli se moquait bien des regards. Elle était trop captivée par la lune qui, au loin, s'arrondissait au-dessus de la tour Eiffel illuminée.

— Je n'arrive pas à croire que je suis à Paris, dit-elle.

— Nous y reviendrons. Je dois d'abord assumer les rendez-vous auxquels j'ai renoncé quand j'ai appris l'accident de ma grand-mère.

— J'ai vu un flash, non ? fit soudain Luli.

Une femme couverte de bijoux s'était faufilée jusqu'à la fontaine et, derrière l'eau jaillissante, braquait son smartphone dans leur direction. Un serveur en habit noir et long tablier blanc se hâta de l'éloigner.

— Je rêvais d'être si célèbre que tout le monde voudrait ma photo. Mais c'est très intrusif, n'est-ce pas ? Comment fais-tu pour supporter ça ?

— Oh ! les paparazzis ne s'intéressent pas beaucoup à moi, sauf si je suis avec une femme. Et encore, cela dépend qui. Je suis sorti à plusieurs reprises avec une actrice mariée, il y a des années. En tout bien tout honneur. Mais elle préparait un rôle, et pour elle toute publicité était bonne à prendre. Elle prévenait les photographes à chacune de nos sorties et cela prenait des proportions invraisemblables !

Leur vin fut servi. Luli ne savait pas où poser les yeux. Dehors, vers les objectifs des médias ? Sur les têtes tendues vers eux dans la salle du restaurant ? Si elle les avait portés sur Gabriel, elle serait devenue prisonnière de son regard.

Elle examina son verre, une merveille avec un pied argenté et une coupe rouge en forme de tulipe – une pièce soufflée unique.

— Tu dis que les paparazzis ne s'intéressent à toi que si tu es avec une femme célèbre mais, moi, ils ne savent pas qui je suis.

— Précisément, fit Gabriel avec un sourire cynique. Le personnel se fera une petite fortune en pourboires grâce à tous ceux qui voudront connaître ton nom. Ils seront pris à leur propre piège, car je ne l'ai communiqué à personne.

— De toute façon, mon nom ne leur dirait rien.

Le serveur apporta des amuse-bouches – des œufs de caille au creux de têtes de champignons, chacune accompagnée d'une carotte miniature glacée, le tout présenté sur une cuiller.

— Leur intérêt est absurde, continua Luli. Ta grand-mère recevait beaucoup de magazines, et j'adorais voir les photos des familles royales et le reste. Mais là…

— Bienvenue au club ! répliqua Gabriel avec un sourire gentiment railleur. Comme tu le constates, ils veulent tous être les premiers à révéler mon mariage. Et, surtout, *qui* j'ai épousé.

Elle pensa au traitement attentif qu'on lui avait réservé

dans la maison de couture, et comprit qu'elle était au cœur de cette agitation médiatique.

— Est-ce qu'ils s'attendaient à voir quelqu'un d'autre ? Sors-tu avec quelqu'un ? demanda-t-elle, songeant qu'elle aurait dû se renseigner là-dessus *avant* de se laisser embrasser !

— Juste toi, répondit-il, pince-sans-rire. Un communiqué de presse sera diffusé à minuit, expliquant que j'ai discrètement courtisé la directrice commerciale de ma grand-mère, et que nous avons officialisé notre couple.

— Personne ne croira ça. Je ne suis pas vraiment directrice commerciale et…

— Peu importe ce qu'ils croient ! C'est ce que *je sais* qui compte. Tu gères réellement les affaires de Mae. J'ai vu les scripts que tu as insérés pour t'alerter si quelque chose ne correspondait plus à tes paramètres. Il y a un moment que tu fais joujou avec mon interface.

On apporta le plat suivant – une résille façonnée en forme de panier, accueillant une cuisse de pigeonneau, des petits pois et de la mousse de navet.

— Si tu es parvenu à ce stade, dit-elle à Gabriel, tu peux tout restaurer et m'interdire l'accès.

— Je le pourrais, oui. Mais je refuse la solution de facilité. Je n'admettrai pas que tu aies le dessus sur moi.

— Parce que je suis une femme ?

— Je ne suis pas sexiste, j'aime la compétition.

— Où as-*tu* appris le codage ? demanda-t-elle, rompant un fil du panier.

— Il y avait trois clubs périscolaires dans mon collège. Informatique, activités artistiques et athlétisme. Je ne voulais pas rentrer chez moi, je devais donc en choisir un. Mon univers de prédilection, à l'époque, c'était un écran d'ordinateur.

— Pourquoi ne voulais-tu pas rentrer à la maison ?

— Mon père était alcoolique et pas très drôle à fréquenter.

— Oh… Désolée.

— Tu n'y es pour rien.

Luli ne put s'empêcher de remarquer qu'il était tendu, même s'il s'était exprimé avec désinvolture.

— J'ai lu que tu étais ceinture noire de kung-fu.

— C'est un sport excellent pour le corps et l'esprit.

— Quand as-tu commencé ?

— Lorsque des harceleurs se sont mis à m'appeler Kung-Fu Kid, dit-il en désignant ses yeux bridés. Je me suis rendu dans le dojo le plus proche et j'ai proposé mon savoir en informatique en échange de cours.

— As-tu donné une leçon à tes harceleurs ?

— Mon *sifu* m'a appris à ne pas attacher d'importance à ce qu'ils disaient.

— Tu n'as jamais riposté ? s'étonna-t-elle.

À quoi bon devenir ceinture noire, dans ce cas ?

— J'ai flanqué un garçon à terre, une fois, parce qu'il avait voulu s'en prendre à moi. Ses copains étaient là, prêts à en découdre. L'histoire a circulé et ils ont cessé de m'importuner. Ensuite, j'ai vendu mon application, et tout le monde a voulu être mon ami.

— Tu avais douze ans, n'est-ce pas ? Et c'était un jeu ?

— Voilà pourquoi je ne parle jamais de moi. Tout se trouve déjà en ligne.

— Je ne sais pas grand-chose de plus, dit Luli. Sauf que tu as gagné un concours national pour jeunes entrepreneurs et attiré l'attention de la Silicon Valley. Ils t'ont payé un million de dollars ?

— Ce qui a capté l'intérêt de ma grand-mère. Elle est venue m'avertir de ne pas me laisser dépouiller par mon père. Il m'a conseillé de me méfier d'elle. Ils se sont échauffés, et je n'ai plus entendu parler d'elle jusqu'à ce qu'elle assiste à son enterrement.

— Elle n'a pas essayé de t'aider ? A-t-elle compris que ton père avait un problème avec l'alcool ?

— Je crois que oui, car elle en voulait à ma mère de l'avoir épousé. C'est moi qui n'ai pas voulu qu'elle m'aide.

— Pourquoi ?

— Parce qu'on sait toujours ce qu'on perd, et jamais ce qu'on gagne, comme dit l'expression populaire.

Luli pensa que l'explication de Gabriel tenait la route. Elle-même s'était donné des raisons de rester avec Mae plutôt que de tenter sa chance seule – la voie la plus dure.

— As-tu gardé le contrôle de ton argent ? demanda-t-elle.

— Plus ou moins. J'ai engagé un conseiller et convaincu mon père de rembourser notre emprunt immobilier, ce qui était la recommandation de ma grand-mère.

— L'immobilier a bien réussi à Mae.

— À moi aussi. J'ai de plus en plus investi dans ce domaine grâce à la vente d'autres applications que j'avais créées. À quinze ans, j'ai engagé un précepteur pour disposer d'horaires plus flexibles. J'ai obtenu un diplôme universitaire de commerce avant l'âge de vingt ans, prédit le crash financier et été l'un des rares à m'en tirer indemne.

— Et ton père ?

— Il est mort d'insuffisance rénale due à l'alcool, mais a vécu confortablement auparavant. Je l'ai soutenu, placé en désintoxication plusieurs fois. Il n'a jamais tenu. Et toi, as-tu des parents en dehors de ta mère et ton père ? Est-il toujours vivant ?

— Depuis qu'on l'a mis en prison pour corruption après mon départ à Singapour, je n'ai trouvé aucune information sur lui. Je devrais considérer ses fils comme des demi-frères, je suppose, mais je n'ai jamais tenté d'entrer en contact. J'imagine qu'ils lui ressemblent, dit-elle avec une grimace. La famille de ma mère était très pauvre, elle n'en parlait jamais. Je ne saurais même pas où les trouver.

Luli trouvait étrange de parler d'elle. Personne ne l'avait questionnée sur sa vie, ou n'avait paru s'intéresser à elle pendant des années.

On leur apporta des bols d'eau tiède et parfumée pour qu'ils se rincent les doigts.

— Nous devrions danser, suggéra Gabriel, attiré par les notes de piano qui leur parvenaient de l'autre côté de la salle.

— J'ai pris des cours de danse autrefois, pour avoir de la grâce et du maintien. Mais je n'ai jamais dansé pour de vrai.

— C'est une bonne raison pour commencer, alors, non ? dit Gabriel, qui se leva et lui tendit la main. Tu peux laisser ça ici, ajouta-t-il en voyant qu'elle voulait garder sa pochette. Cela ne risque rien.

Nerveusement, elle plaça une main au creux de celle de Gabriel. Il lui sembla qu'un courant électrique partait de leurs doigts joints et gagnait son cœur, déclenchant une sensation délicieusement agréable.

On les suivit du regard, mais elle garda les yeux braqués sur Gabriel, qui la précédait en louvoyant entre les tables. Comment réagirait-il si elle lui mordillait le lobe de l'oreille ? se demanda-t-elle, surprise par cette pensée surgissant de nulle part. Aimerait-il ça ? D'autres fantasmes l'envahirent, lui arrachant presque un gémissement.

Quand Gabriel l'attira sur la piste de danse, ce fut comme dans un film. Lorsqu'ils commencèrent à évoluer, elle eut l'impression de flotter en l'air.

— Tu es parfaite, lui dit-il en la guidant avec une grâce athlétique.

Sa jupe se soulevait puis se rabattait contre ses jambes nues en une caresse sensuelle alors qu'elle se pénétrait de sa force, de la sûreté élégante avec laquelle il menait la danse. S'était-elle jamais sentie aussi légère ? Si libre et sans souci ? Tout simplement *heureuse*.

— Ils sont tous envoûtés, murmura Gabriel.

— Était-ce le but ?

— J'admets que j'étais curieux de leur réaction.

— Pourquoi ? demanda-t-elle, gênée.

— Ce public est accoutumé à être environné de beauté. Tu es bien au-delà de tout ce qu'ils ont pu voir.

— C'est ce que je suis à tes yeux ? Une œuvre d'art que tu as acquise ?

— Non, dit-il, soudain moins détendu.

— Quoi, alors ? Un projet ? Un bonus ?

— Je n'en sais rien. Tu es différente de tout ce que j'ai pu connaître.

— Mais tu as envie de me montrer et de dire : voyez un peu ce que j'ai déniché !

— Non. J'ai envie de te sentir dans mes bras, tout simplement, dit-il d'une voix basse et profonde qui la fit vibrer.

Il continua à les faire évoluer tandis qu'elle tentait de déchiffrer son regard. Elle ne savait pas ce qu'elle voyait dans ces yeux couleur d'océan.

— Je m'en remets à toi pour me guider parce que je ne sais pas ce que je fais, murmura-t-elle soudain, grisée.

Elle avait de plus en plus le sentiment de perdre pied – elle n'était pas du tout dans son élément.

— Je voudrais te croire.

— Quelle raison aurais-je de mentir ?

— La petite fortune que je viens de dépenser en vêtements et chaussures, peut-être ?

— Non ! tu n'as pas… Je t'en prie, dis-moi que ce n'est pas vrai ! dit-elle en cessant de danser.

Le monde autour d'elle continua pourtant à tournoyer. Elle crut qu'elle allait s'évanouir.

— Et encore je n'ai pas compté la bague. Nous sommes à Paris, Luli. Qu'imaginais-tu ?

Seigneur, pourquoi avait-elle accepté ces cadeaux somptueux ? Elle n'aimait pas l'idée de se sentir redevable envers Gabriel. Mais comment revenir en arrière, désormais ?

Elle sentit qu'il resserrait son étreinte.

— Regarde-moi. Est-ce que ça va ?

— Je crois que je vais me sentir mal.

Il avait voulu créer la sensation ? Eh bien, il était servi ! Les spéculations au sujet de sa mystérieuse nouvelle épouse allaient se porter sur son éventuelle grossesse, alors qu'elle pâlissait et s'appuyait contre lui.

— Viens donc t'asseoir, dit-il en la ramenant à leur table. Prends un peu d'eau. Puis explique-moi ce qui te bouleverse.

— Pourquoi as-tu fait ça ? dit-elle, tremblante, les yeux humides. Je ne pourrai jamais te rendre ce que tu as dépensé !

— Je n'attends pas que tu le fasses.

Le serveur apporta leur plat suivant, et Luli se tourna vers la fenêtre pour dissimuler son désarroi. Gabriel le congédia alors qu'il allait leur resservir du vin.

La côte d'agneau braisée accompagnée de cresson et de pistaches enrobées était décorée avec un brin de romarin, des oignons cristal et une sauce à l'orange et à la menthe. Gabriel trouva le tout appétissant, mais Luli considéra son assiette d'un air affligé. Quelques minutes plus tôt, elle était resplendissante, pleine de joie. Son humeur avait commencé à changer quand elle lui avait demandé si elle était un de ses « projets ».

— Luli... Je t'ai dit que je ne paye pas pour coucher

avec une femme. Je n'achète pas ce genre de plaisirs. Tu ne me dois rien.

— Je n'arrête pas de me dire que je vais me réveiller d'une minute à l'autre dans ma chambre de Singapour, dit-elle en se pinçant le bras. Je préférerais ça.

Cette chambre nue comme une cellule, sans même une photo de famille ou un objet évocateur de sa vibrante beauté ? Ah, non !

— Je n'aurais pas dû me lancer dans cette aventure, dit-elle d'un air désespéré. Je croyais pouvoir gérer ça, mais c'est trop.

Il rencontra enfin son regard, et la douleur qu'il y vit lui retourna le cœur.

— Celle que tu veux que je devienne, quelle qu'elle soit, ce n'est pas moi.

Elle tourna la tête d'un côté et de d'autre, comme si elle quêtait une voie d'évasion et se voyait acculée.

— Luli, allons, donne-moi la main, dit-il, tendant la sienne. C'est le choc culturel, c'est tout.

Il aurait dû prévoir cette réaction.

— Désires-tu t'en aller ? lui demanda-t-il.

— Est-ce que ça compte, ce que je veux ? Pourquoi ai-je cru que je devais viser si haut ? Ce n'est pas comme si je pouvais acquérir de l'importance en portant de nouveaux vêtements et en sortant au restaurant. Je ne suis rien, de toute façon.

— Allons, viens. Rentrons.

Comme il l'aidait à monter en voiture, un moment plus tard, elle l'entendit dire au chauffeur :

— Annulez l'hélicoptère. Nous rentrons à l'appartement.

*
**

— Où voulais-tu m'emmener en hélicoptère ? demanda Luli vingt minutes plus tard, lorsque Gabriel la rejoignit sur le balcon de son *penthouse*.

En contrebas, des reflets colorés se brouillaient à la surface de la Seine, courant à travers le paysage urbain illuminé. La tour Eiffel se dressait devant elle, si imposante qu'elle avait l'impression de pouvoir la toucher en allongeant le bras.

Elle était toujours bouleversée, avait toujours l'impression de jouer un rôle dans cette robe, mais l'obscurité nocturne avait atténué l'étrangeté du monde où elle se trouvait projetée, lui donnant la possibilité de reprendre le contrôle de ses émotions.

— Je comptais t'emmener dans mon château, lui dit Gabriel.

— Un château !

— Je le restaure depuis que je l'ai acheté, il y a deux ans. Je n'y ai jamais encore résidé. Il date du XVIe siècle, c'était une folie pour la maîtresse du roi. Il faut bien que je place mon argent.

Notant le mot « maîtresse » elle ne put s'empêcher de demander :

— Pourquoi voulais-tu m'emmener là-bas ?

Était-ce pour la séduire ?

— C'est joli. J'ai pensé que ça te plairait.

— Je ne comprends pas ce que tu veux. Suis-je une sorte de parure à ton bras ? Suis-je censée coucher avec toi parce que tu m'as sauvée ? Parce que nous sommes mariés ?

— Tu te serais sauvée toi-même d'une façon ou d'une autre, dit-il d'une voix ferme où elle crut percevoir une nuance de regret. Je ne fais qu'accélérer les choses.

— Pourquoi ?

— Parce que tu es une énigme. J'adore les énigmes.

— Je veux être une femme maîtresse de son destin, dit-elle d'une voix basse et farouche.

Mais quitter la maison de Mae et bâtir une nouvelle vie, indépendante, étaient deux choses distinctes, elle le comprenait. Il fallait jeter un pont sur le gouffre qui les séparait, et elle n'en avait ni les capacités ni les moyens.

Gabriel soupira.

— Si je te considère comme une femme comme les autres, je voudrai coucher avec toi.

Elle ramena les bras contre elle et frissonna. Mais elle n'avait pas vraiment froid. En fait, elle avait envie qu'il la prenne dans ses bras, qu'il l'embrasse, qu'il lui fasse éprouver toutes ces sensations qui transformaient le monde en un lieu magique.

— Qu'y a-t-il de si mal à ça ?

— Tu as dit que tu préservais ta virginité, lui rappela-t-il.

Elle soupira, puis avoua :

— Je croyais que ça signifierait quelque chose pour celui que ça concernerait. Que ça aurait de la valeur.

— Ta virginité n'est pas une marchandise, Luli. Ni ton corps. Préserve-toi pour une relation qui compte. Pour quelqu'un de spécial.

— Donc, tu… ne veux pas de moi ? Parce que je suis vierge ?

— T'es-tu regardée dans un miroir ? Bien sûr que je te désire. Je te dis seulement : « Ne couche pas avec le premier mari venu. »

Elle éclata de rire. Certes, c'était une plaisanterie, mais ils étaient bel et bien mariés.

— Tu proposais de devenir une épouse trophée, ce qui m'a laissé croire que tu avais de l'expérience. Étant donné que ce n'est pas le cas, je ne suis pas sûr qu'il faille aller plus loin. Tu voudrais ce que toutes les femmes finissent par vouloir, et je ne peux pas te le donner.

— Des enfants ? Je n'en veux pas. Pas tout de suite. Si tu ne peux pas en avoir, cela ne me pose aucun problème.

De nouveau un silence. Puis il eut un rire rauque.

— J'allais dire l'amour, mais tu me surprendras toujours. Pourquoi ne veux-tu pas d'enfants ?

— Je ne suis même pas capable de m'occuper de moi-même !

— Tu es décidément aveugle, dit-il, allongeant la main pour toucher une mèche de ses cheveux. Ma grand-mère employait dix mille personnes. Qui s'occupait de tous ces gens ? Elle ? Non. Toi.

— C'était avec son argent et ses ressources.

Elle se demanda pourquoi il ne pouvait pas l'aimer. Bien au-dessus de son rêve de voir Paris, d'être libre, et de tous les autres rêves qu'elle avait pu avoir, elle plaçait celui d'être aimée un jour. Ne le méritait-elle pas ?

— Petite sotte ! dit-il gentiment. Allons viens, je veux te montrer quelque chose qui te plaira.

Il la prit par la main et l'entraîna dans l'appartement. Situé au dernier étage d'une tour, il était plus vaste que le rez-de-chaussée de Mae. Moderne, il avait pourtant conservé ses lambris et moulures au plafond. Un véritable château en plein ciel…

— Voici ta chambre, dit-il en ouvrant une porte sur une pièce enténébrée où une demi-douzaine de boîtes étaient posées au pied d'un vaste lit. Mais viens voir la mienne…

Elle sentit s'accélérer les battements de son cœur.

Il n'alluma aucune lumière lorsqu'ils entrèrent dans l'immense pièce à l'immense lit. Elle le regarda à peine, attirée par la lueur de l'aquarium qui allait du sol au plafond, les bleus iridescents, les roses vifs, les rouges intenses et les jaunes flamboyants des poissons qui y évoluaient.

— Ça te plaît ? demanda Gabriel en l'enlaçant.

Elle se laissa aller contre lui, bouleversée encore, mais également émerveillée par toute cette beauté.

— Il n'y avait que des carpes koï dans la mare de ta grand-mère. Elles étaient jolies, mais pas comme ça. C'est si beau !

— Tu vois la baignoire de l'autre côté ? Je vais te faire couler un bain, et tu pourras regarder les poissons, puis rêver cette nuit que tu nages avec eux.

Elle eut envie de rire, mais il était si agréable d'être enlacée. Elle entoura Gabriel de ses bras, ressentant soudain le besoin de s'arrimer à lui de peur de partir à la dérive.

— Personne ne m'a serrée dans ses bras depuis…

Elle ne s'en souvenait pas. Il y avait très, très longtemps. Les larmes lui vinrent aux yeux et elle commença à trembler.

— Allons, allons. Ressaisis-toi, Luli, dit-il en lui frottant le dos de façon apaisante. Je suis désarmé, face aux larmes.

Il ne l'était pas vraiment. Comme elle se mettait à sangloter, il la fit pivoter face à lui et l'enveloppa d'une étreinte ferme, tout en murmurant à son oreille.

— Tout va bien.

7.

Luli ne nagea pas avec les poissons, en songe. Elle rêva de l'étreinte de Gabriel, de sa voix apaisante. Elle rêva qu'il était allongé près d'elle, les mains sur ses seins et cherchant à caresser d'autres parties intimes de son corps.

Mais il n'était pas là. Et elle s'éveilla en sueur, excitée, gênée d'avoir des fantasmes aussi érotiques. Le souvenir de ces rêves la mit mal à l'aise lorsqu'elle sortit de sa chambre, appréhendant de revoir Gabriel. Mais il était dans son bureau – ce qui, paradoxalement, la déçut.

Une femme de chambre l'invita à prendre son petit déjeuner dans un coin repas baigné par le soleil matinal et donnant sur la Seine. Luli emporta son deuxième café noir sur la terrasse.

— Bonjour…

Une onde de plaisir la parcourut en entendant la voix de Gabriel, qui raviva aussi le souvenir de ses désirs érotiques. Elle rougit.

— Bonjour, répondit-elle timidement.

Elle vit qu'il captait du regard la tenue qu'elle avait mise – un jean et un T-shirt dans lesquels elle se sentait bien. Elle expliqua d'un air incertain :

— Je croyais qu'on allait au show-room et que je pouvais mettre des vêtements décontractés…

— Changement de plan, dit-il avec un sourire sans

légèreté. Le communiqué de presse a été publié, et les choses prennent une tournure dont je me passerais bien. Apparemment, les jeunes mariés partent en lune de miel. On m'a déjà demandé cent fois où aurait lieu la nôtre.

La part la plus secrète d'elle-même s'enflamma, et elle rougit de plus belle, comme s'il avait pu lire dans ses pensées coupables.

— Ce que j'ai dit hier tient toujours, dit Gabriel, les mâchoires serrées. Mais une semaine loin du public te donnera le temps de t'habituer à tout ça, et l'attention des médias retombera. On est en train de préparer nos bagages. Nous partirons sous peu.

— Où ?

— En safari.

— En safari ! Où ça ?

— En Afrique, pardi !

Huit heures plus tard, le jet de Gabriel atterrissait en Tanzanie. Ils voyagèrent encore une heure en hélicoptère, mais elle passa vite alors que Luli observait en contrebas des troupeaux de zèbres, éléphants, girafes et antilopes. Puis ils prirent une jeep, marquant un arrêt près d'un point d'eau où se vautraient des hippopotames.

Leur chauffeur faisait l'essentiel de la conversation. Gabriel avait étendu un bras sur le siège derrière elle, et semblait ravi. Chaque fois qu'elle lui souriait d'un air émerveillé, elle le surprenait à la contempler et son cœur battait plus vite.

Il devait la trouver ridicule de tendre le cou de côté et d'autre pour ne rien rater. Mais, si elle ne se concentrait pas sur le panorama spectaculaire, elle se laisserait troubler par sa cuisse virile près de la sienne, par l'idée qu'il lui suffirait de se déplacer un tout petit peu pour être au creux de son bras.

Il lui avait dit qu'ils logeraient dans un campement, mais les abris en pisé à toits de chaume étaient, sous leur aspect brut, aussi luxueux que son jet. Ils traversèrent le pavillon principal, puis un pont suspendu les mena au-dessus d'un cours d'eau, jusqu'à leur villa. Elle avait trois chambres, des lits à baldaquin munis de moustiquaires, et une terrasse en bois donnant sur la savane du Serengeti.

Tandis qu'elle contemplait le soleil couchant, qui striait l'horizon d'écarlate, d'indigo et de jaune, elle entendit derrière elle un cliquetis de glaçons dans un seau. Gabriel, dans l'ombre de la villa, ouvrait une bouteille.

— Tu n'allumes pas ? lui demanda-t-elle.

— Pas encore. Tu provoques une illusion optique très intéressante, dans la position où tu te trouves. On dirait une ombre chinoise, découpée dans du papier.

En réalisant qu'il l'avait observée à son insu, elle sentit une légère tension la gagner.

— J'avais oublié que le monde est si vaste, dit-elle en portant le regard au loin, sur l'horizon en train de s'obscurcir. Je me sens toute petite, et je devrais avoir peur d'être si loin de la civilisation, mais en fait je suis en paix.

Quand le bouchon sauta avec un bruit sourd, elle lança en riant :

— Peut-être pas si loin que ça de la civilisation, finalement !

— En effet, approuva Gabriel.

Comme elle rentrait prendre un verre, il suggéra :

— On devrait se rafraîchir à la piscine, avant le dîner.

— J'adorerais ça. Je vais me changer et je t'y rejoins.

Luli opta pour un tankini composé d'un short de sport noir et d'un haut près du corps noué autour du cou, souligné au niveau du buste par des motifs de couleur vive.

La petite piscine se trouvait sur la terrasse privée de la chambre de maître. Des flambeaux y projetaient une lumière dansante et une odeur citronnée flottait dans l'air, sans doute pour décourager les insectes. Gabriel était dans l'eau, les bras accoudés sur le rebord carrelé, les cheveux humides en arrière.

Luli descendit les marches du bassin, sirota un peu de champagne puis posa sa coupe sur le bord.

— Il est curieux qu'ils n'aient pas installé la piscine là où on pourrait voir le coucher du soleil, murmura-t-elle, constatant qu'ils étaient environnés de buissons.

— L'intimité du lieu permet de se baigner nu, dit Gabriel.

Elle lui décocha un tel regard qu'il laissa couler un rire.

— Si tu voyais ta mine ! Je suis en maillot.

Il se leva, soulevant une vague, afin de laisser voir son boxer noir. Des gouttes d'eau coulaient en filets argentés le long de son corps à la chair de bronze, magnifiquement sculpté, et une ligne de poils bruns courait telle une flèche pour disparaître sous la taille élastique du tissu qui moulait son…

Elle détourna les yeux du renflement épousé par le tissu, et se hâta d'humecter sa gorge sèche avec une gorgée de champagne. Il lui sembla qu'il lâchait de nouveau un rire bas. Il s'approcha tranquillement, dans l'eau, pour remplir à nouveau la coupe de Luli, puis la sienne, et s'assit à côté d'elle, à demi immergé. Elle le sentit tendu.

— Es-tu furieux qu'on ait dû venir ici ?

— Je ne suis obligé à rien. Et toi non plus.

Tout à coup, elle comprit la raison de sa tension : il avait envie d'elle, tout comme elle avait envie de lui…

Il posa son verre sur le bord de la piscine et renversa la tête. Le torse au-dessus de l'eau, il prit une profonde inspiration.

— Puisque tu es vierge, je suppose que tu ne recours à aucune forme de contraception ? lâcha-t-il soudain.

— J'ai entendu parler de quelque chose qui s'appelle préservatif, lui répliqua-t-elle, facétieuse.

Puis, après une nouvelle gorgée, elle avoua :

— Je suis *curieuse*.

Sans prévenir, il la saisit et la mit à l'eau, la soutenant avec aisance, si bien qu'elle se retrouva assise en travers de ses jambes viriles. Quand il posa une main dans le creux de ses cuisses, elle eut l'impression que sa paume brûlante la marquait au fer à travers le short.

— Je suis plus que curieux, moi. Je suis obsédé par l'envie de mesurer l'ardeur du feu qui nous consume.

— D'accord, souffla-t-elle en se laissant aller contre lui.

— Mais j'ai signé notre contrat de mariage en escomptant que tu me donneras un héritier. Alors, nous devrons divorcer à un moment ou un autre pour que je puisse épouser une femme qui veut des enfants.

Elle parut catastrophée.

— Ah, tu vois ? dit-il. Je ne plaisantais pas tout à fait quand j'ai dit que tu ne devrais pas accorder ta virginité au premier mari venu ! Veux-tu réellement franchir ce cap, alors que cette union ne durera pas ?

— Que pensera mon deuxième mari, si je suis encore vierge ? Tu es horrifié et…

— Je ne suis pas horrifié. Je considère que ton inexpérience te rend vulnérable.

— Alors, donne-m'en, de l'expérience ! s'exclama-t-elle. Me voici mariée, en lune de miel, et je n'ai droit à rien ? C'est tellement typique de ce qu'est ma vie !

Elle voulut quitter le creux de ses genoux, mais il resserra son emprise.

— Reste, dit-il d'une voix rude, presque coléreuse. Embrasse-moi. Si c'est ce que tu veux.

Elle voulut lui demander s'il le pensait vraiment, mais elle ne trouva pas sa voix, sous le feu de son regard viril.

Un mouvement subtil des mains de Gabriel, repliées sur la cambrure de ses fesses et de ses hanches, la poussa à se lover contre lui. Elle l'embrassa comme il l'avait embrassée, en promenant sur les siennes ses lèvres entrouvertes, pour qu'ils puissent mieux se goûter l'un l'autre. C'était délicieux. Et la façon dont il lui rendait son baiser était magique. Elle aurait aimé se faire dévorer indéfiniment par ses lèvres ardentes.

Elle changea de position pour le serrer de plus près et… sentit son sexe durci contre la chair du creux de ses cuisses. Elle se figea de surprise.

Gabriel ne dissimula pas sa faim sensuelle, ne marqua aucun recul parce qu'elle avait pris conscience de son érection. Il tira sur la boucle qui, derrière le cou de Luli, maintenait le tissu dissimulant ses seins. Elle le retint d'abord d'un geste instinctif, puis, lentement, laissa retomber les mains, et le haut du maillot suivit le mouvement. Ses seins, à demi immergés dans l'eau, laissaient voir leurs pointes durcies, d'un rose sombre. Pendant un long moment, il les contempla, le souffle inégal, puis murmura :

— J'ai envie de les goûter.

Envoûtée par sa voix, elle se souleva en prenant appui sur ses épaules, savourant la façon dont il glissait les mains à l'arrière de ses cuisses, l'encourageait à se renverser pour s'offrir… Il referma les lèvres sur un bout de sein, et entraîna Luli dans un tourbillon sensuel.

Le cœur battant à grands coups, doucement bercée par l'eau, elle céda aux assauts du plaisir, savourant la douce chaleur qui s'insinuait au cœur de sa féminité.

Alors qu'il happait entre ses lèvres son autre téton, elle lui saisit les cheveux à pleines mains, à peine consciente de ses cris rauques qui s'élevaient dans l'air. Elle s'offrit aux mains qui lui caressaient les fesses, brûlant de sentir entre ses jambes le sexe érigé de son partenaire.

— Encore ? demanda Gabriel, contre sa bouche.

— Oui, gémit-elle en l'embrassant avec passion.

— Je veux te goûter tout entière…

Sans prévenir, il la souleva et l'assit sur le bord du bassin. De petits frissons la parcoururent alors qu'il commençait à lui dénuder les hanches, et si elle n'avait pas l'audace de se dévêtir il l'y aida, lui léchant de nouveau la pointe des seins, si bien qu'elle s'abandonna, les yeux clos.

Il lui ôta lentement son short.

— Tu aimes ? demanda-t-il en promenant les doigts au niveau du nombril, puis de la fine toison qui protégeait la part la plus secrète, sensible, d'elle-même.

— Oui, souffla-t-elle.

— Tu es belle, si belle, murmura-t-il d'une voix rauque.

Avec douceur, il se mit à caresser le cœur de son intimité. Elle eut un cri, comme si elle était au supplice.

— Dis-moi que tu aimes ça ! lui ordonna-t-il.

— Oui…

Il décrivit de petits cercles sur son bouton sensible, puis, lorsqu'il la sentit s'abandonner complètement, il se prêta au plus intime des baisers. Il prit le temps de la savourer.

— Je t'en prie, continue, souffla-t-elle, haletante.

Les yeux levés vers le ciel constellé d'étoiles, caressée sensuellement par le souffle de la brise nocturne, elle songea qu'il n'était rien au monde de meilleur.

Il renouvela la caresse, et c'était bon, si bon qu'elle crut qu'elle allait se liquéfier de volupté. Alors, il glissa un doigt en elle, et elle laissa échapper un long soupir tandis que ses muscles se contractaient, que tout son être se pâmait dans la jouissance.

Il s'écarta d'elle avec lenteur, déposa des baisers doux

sur la peau si veloutée de ses cuisses, sur son ventre encore frémissant…

— Il faut que je prenne une douche. Tout de suite, dit-il d'une voix rauque et tendue. Avant d'oublier mes bonnes intentions et d'aller trop loin.

— J'ai envie de te toucher, dit-elle.

— Réalises-tu ce qui se passera, si tu le fais ?

— Je crois, oui, dit-elle avec un sourire mutin. C'est pour ça que je veux essayer.

Gabriel laissa couler un rire étranglé qui sonna comme un aveu de défaite. D'un mouvement souple, il s'allongea près d'elle, sur le carrelage du bassin, et s'empara de sa bouche, l'embrassa avec toute la passion qui, en lui, aspirait à être satisfaite.

Cela ranima la gourmandise de Luli. Elle voulut qu'il s'écarte un peu, pour tout voir. L'étroit boxer qu'il portait contenait mal son érection. Fascinée, elle tendit la main.

— Montre-moi, souffla-t-elle.

Ce qu'il fit, lui enroulant les doigts autour de son sexe et lui enseignant ce qui lui plaisait. Ils s'embrassèrent de nouveau pendant qu'elle le touchait, jusqu'à ce que la main qu'il avait glissée dans sa chevelure se crispe, que son corps viril frémisse, et que ses cris rauques s'exhalent contre ses lèvres.

Ils prirent un repas détendu dans la salle à manger, échangeant parfois des propos avec le couple de la table voisine. Luli avait le sentiment que Gabriel les avait inclus dans la conversation pour dissiper son intimité avec elle, ce qui la blessait. Il l'avait prévenue que l'intimité physique lui ferait désirer l'intimité affective, et il avait raison. Elle l'éprouvait déjà.

Ce qu'elle ne comprenait pas, c'était pour quelle raison il ne voulait pas la lui accorder.

— Puis-je te demander pourquoi tu as perdu Mae de vue ? lui demanda-t-elle après le repas, marquant un arrêt sur le pont suspendu pour lever les yeux vers le ciel étoilé. Je sais qu'elle n'a pas vraiment tenté d'établir un lien. Elle était très réservée. C'est de famille ?

Gabriel se rapprocha d'elle.

— Peut-être, dit-il. D'après le peu de souvenirs que je conserve de ma mère, elle était très silencieuse. Quant à Mae, je ne voyais pas de raison d'avoir une relation avec elle au risque de commettre un acte aussi téméraire que celui de ma mère.

— Ton mariage actuel étant exclu ?

— Bien sûr.

Luli eut un bref sourire, vite remplacé par la tristesse.

— Tes parents n'étaient pas amoureux ?

Était-ce pour cela que Gabriel se sentait incapable d'amour ? Parce qu'il n'en avait pas eu l'exemple ?

— Mon père, si. Ma mère l'était peut-être. Je ne me souviens pas de les avoir vus se disputer, mais j'étais très jeune.

— Comment est-elle morte ? Mae ne l'a jamais dit.

— Une complication pendant sa grossesse. Elle n'a pas voulu sacrifier l'enfant, et ils sont morts tous les deux.

— Je suis navrée. C'est terrible. Tu as perdu un frère ou une sœur, dit-elle, pensant que Gabriel devait se sentir seul.

— Je ne souhaiterais à personne l'enfance que j'ai eue.

Elle songea au harcèlement dont il lui avait parlé.

— En tant que métis ? Je déteste la sensation de ne pas être intégrée, commenta-t-elle avec empathie, le cœur serré. Pendant que j'étais chez Mae, j'ai eu l'impression de faire tache dans le décor. Avec toi, je suis la pièce rapportée qui tente de donner le change.

— L'intégration est une notion surfaite.

— Je fais comme toi, je me persuade que je ne désire pas ce que je ne peux pas avoir, répliqua-t-elle.

Le silence qu'il lui opposa la fit lever les yeux. Il semblait si lointain ! Elle tenta de s'expliquer.

— En fait, je me persuadais que ma pauvreté était sans importance, puisque mes besoins étaient satisfaits. C'est un mécanisme de défense. D'ailleurs, malgré tout son argent, Mae ne pouvait pas avoir la seule chose qu'elle désirait réellement : sa fille.

Gabriel continua à garder le silence.

— Ce n'était pas une femme facile, c'est vrai. Je supposais qu'elle me contrôlait et m'isolait parce qu'elle avait perdu sa fille, mais au fond c'était dans son caractère. Ta mère avait peut-être le sentiment d'étouffer auprès d'elle, d'où son éloignement. Mais elle désirait une famille, c'est évident. Si elle avait survécu, et si tu avais des frères et sœurs, tu ne te sentirais peut-être pas si différent.

Il lui toucha l'épaule.

— Il est tard. Nous devrions dormir un peu.

— Ensemble ? fit-elle après une hésitation.

— Je ne crois pas que ce soit raisonnable.

Il vit qu'elle était blessée.

— Je t'avais prévenue, dit-il doucement.

Si cela faisait aussi mal d'être proche de lui puis repoussée, alors il avait raison : c'était trop dur à supporter. Elle ne désirait pas prendre un tel risque.

Elle alla donc se coucher seule.

Gabriel sut qu'elle allait et venait dans la villa, alors que le lever du soleil approchait. Il quitta le lit, l'esprit en tumulte et le corps embrasé à l'idée qu'il pouvait la prendre s'il le voulait – il lui suffisait de renoncer à ses principes.

Il avait poussé les choses trop loin, près de la piscine. Il avait séduit Luli, et elle se serait donnée entièrement, s'il l'y avait conduite. Ses transports lui avaient révélé qu'elle était aussi innocente qu'elle le prétendait. Cela lui avait permis de garder la tête froide, au lieu de la posséder toute la nuit !

Lorsqu'elle était apparue pour le dîner, arborant un sourire rêveur et plein d'adoration, il avait pris conscience de son erreur. Il s'était efforcé de prendre ses distances pour ne pas lui donner de faux espoirs. Car il n'avait aucune envie d'une épouse et d'une famille !

« Je fais comme toi, je me persuade que je ne désire pas ce que je ne peux pas avoir. »

Ces mots n'auraient pas dû lui rester en travers de la gorge, mais pourtant ! Il ne lui échappait pas qu'il se cramponnait à la conviction de préférer la vie en solo, en cet instant même, tandis qu'il la regardait sur la terrasse.

Elle portait un pantalon ample et un haut moulant, sans manches. Elle contempla un instant l'horizon, mauve et émaillé d'étoiles pâlissantes, puis la lune. Elle se plaça face au nord, absorba le monde environnant, inspira à plusieurs reprises. Puis elle écarta les mains, doigts détendus, et commença à façonner un ballon invisible. Taï-chi.

Il rapprocha ses propres paumes et commença à façonner sa sphère d'énergie tout en la rejoignant, en boxer.

Il y avait longtemps qu'il n'avait pratiqué le taï-chi. Il n'eut pourtant aucun mal à épouser la fluidité de ses mouvements. Tandis qu'elle pivotait vers l'est et se mouvait avec grâce, remarquait-il la courbe élégante de son dos ? La saillie de ses seins et de ses fesses lorsqu'elle évoluait ?

Oui. Il en était dynamisé, pénétré de vigueur. Et il s'appliquait d'autant mieux à exécuter les mouvements.

En synchronie parfaite, ils déployaient leurs « ailes » comme la grue, rampaient, une jambe étirée, comme le serpent.

L'énergie circulait entre eux tels les courants océaniques, les vents voyageurs, la lave en fusion au cœur de la terre…

Voici ce que serait faire l'amour avec elle ! Le zen pur. Il lui sembla que ce sentiment pouvait imprégner une vie entière.

Mais c'était une illusion. Une justification de son désir physique. Il ne pouvait pas ignorer que Luli, sous sa beauté si tentante et son poignant courage, restait vulnérable.

Quand elle conclut par la demi-révérence finale, il s'inclina pour la remercier. Il n'était pas dépourvu de désirs éperdus, il faisait seulement semblant de ne pas en avoir. Et s'il les avait satisfaits aux dépens d'un autre être, cela aurait pesé sur son âme.

Alors non, il ne satisferait pas son désir éperdu pour elle. Il serait discipliné, il résisterait.

Les épaules droites, il se dirigea vers l'eau glacée du bassin de plongée.

8.

Devant son ordinateur, Luli fronça les sourcils.

— Tu as réussi ! s'écria-t-elle.

Gabriel, nonchalamment affalé sur le canapé face à elle, son portable sur les genoux, lui répondit par un regard amusé.

— Depuis la nuit dernière. Tu as mis du temps à t'en apercevoir !

— Je n'en ai pas eu l'occasion !

Ils avaient passé la journée dans la savane, puis avaient nagé et dîné, pour s'installer enfin devant leurs ordinateurs quelques minutes auparavant. Elle éteignit le sien.

— Félicitations, alors ?

Il salua le mot d'un geste infime, indifférent à sa propre prouesse. Elle s'était attendue, puisqu'elle avait affaire à un maître en la matière, à ce qu'il désamorce vite sa bombe logique. Mais elle aurait adoré qu'il admette ne pas y être parvenu sans mal. Elle voulait qu'il voie en elle une adversaire à sa mesure.

— Viens m'expliquer ce qui se passe ici, dit-il en désignant du menton son écran.

Elle alla se percher près de lui.

— Oh ! ça ! Je n'étais pas d'accord avec Mae là-dessus, mais elle avait une collaboration de longue date avec cette entreprise.

S'ensuivit une discussion sur d'autres fonds et transactions du portefeuille de Mae, et elle se sentit sur la défensive. De plus, Gabriel regardait sa bouche quand elle parlait, ce qui la perturbait. Captive de son désir pour lui, elle avait la plus grande peine à répondre à ses questions incisives.

Elle finit par se rasseoir face à lui sur le canapé.

— J'ai besoin de savoir, Gabriel. Vas-tu me bloquer l'accès ? J'aime vraiment ce job, tu sais.

— Je m'en rends compte, dit-il sans esprit de raillerie. Et certains de mes cadres les plus brillants ne mettent pas autant de soin à réfléchir à leurs décisions. Je ne peux pas gérer tous ces comptes comme des entités séparées, cela dit, ce n'est pas pratique.

— Tu me renvoies, alors ?

— Considère-toi en préavis. Continue, pour le moment, mais consulte-moi pour tes décisions. Je vais sous-traiter l'ensemble lorsque nous serons rentrés à New York et que je pourrai consulter mon équipe.

— Tu viens de dire que je suis bonne dans ce travail !

— Je te trouve très rigoureuse. Tu fais de la microgestion, ce qui a ses inconvénients.

— Tu vas me renvoyer parce que je suis *attentive* ? Que suis-je censée faire, si je n'ai plus ça ?

— Être l'épouse d'un homme de la haute société ?

— Pff ! Tu ne veux pas d'une épouse. Pas si c'est moi, en tout cas. C'est pour ça que tu as l'intention de me refuser aussi ce titre ? lança-t-elle avec acuité. Parce que j'y attache trop d'importance ?

— Oui.

Anéantie, elle se leva pour tenter de cacher son désespoir.

— Luli, soupira-t-il, je veille sur toi. Tu ne dois pas te préoccuper de travail.

— Je veux me débrouiller par moi-même ! protesta-t-elle. Alors, oui, je me fais du souci.

— Où vas-tu ? demanda Gabriel, comme elle se dirigeait vers la porte.

— Faire ce que fait une épouse de la haute société lorsque son mari lui impose de quitter son travail pour devenir femme au foyer : dépenser son argent dans la plus proche boutique.

— Si tu reviens avec des vêtements à motifs panthère, je divorce sur-le-champ !

— Je n'achèterai que ça, alors !

Là-dessus, elle claqua la porte.

Décevoir une femme, ce n'était pas nouveau pour Gabriel. Ce qui l'était, c'était d'avoir à cause de ça le sentiment d'être d'un salaud. Il s'en tint pourtant à sa décision : trouver à Luli une autre occupation pour exprimer son potentiel.

Elle n'était pas du genre rancunier, apparemment, car elle revint de la boutique avec une spécialité au chocolat et lui en offrit.

— Je te trouverai une occupation, lui promit-il.

— Je ne veux pas de ce genre de traitement de faveur. Plus personne ne me respecterait, moi la première, dit-elle en croquant dans un carré de chocolat. Je franchirai seule la prochaine étape. Inutile de me donner un travail pour que je me sente utile.

Il respectait son désir d'indépendance, mais il voulait tout de même veiller sur elle. Ce qui était pour le moins contradictoire, il devait bien l'admettre ! Il aurait aimé pouvoir la considérer comme une employée, un projet personnel, une créature exotique avec laquelle il pourrait passer le temps avant de la libérer avec la satisfaction de l'avoir sauvée et éduquée.

Mais il ne pouvait nier qu'elle était une femme. Et une femme séduisante, qui plus est.

Il l'emmena au bureau lorsqu'ils atterrirent à New York. Il avait son idée sur la manière d'utiliser ses talents… Il l'emmena surtout parce qu'il ne supportait pas de l'abandonner toute une journée dans son appartement.

Elle s'inspira de lui pour sa tenue, et mit un pantalon ample, une veste assortie à fines rayures sur un chemisier blanc. Elle ramena ses cheveux en chignon, prit une mallette. Elle alla jusqu'à lui piquer une cravate, qu'elle porta lâchement nouée, laissant apparaître le triangle de son cou.

Elle était follement sexy. Le contraste entre sa tenue masculine et ses courbes voluptueuses accentuait sa féminité, la rendant encore plus séduisante.

Après avoir tenté d'ignorer, pendant toute la semaine, son derrière moulé dans un pantalon étroit et la naissance de ses seins révélée par l'encolure de ses T-shirts, il avait toutes les peines du monde à se comporter en homme civilisé alors que son moi primitif aspirait à l'accouplement.

Ils firent tourner les têtes tandis qu'il la menait à travers ses bureaux du dernier étage.

— Voici les participants à la réunion que j'ai laissée en plan lorsque j'ai reçu ton message, lui dit-il en lui désignant, à travers une paroi de verre, une salle où une dizaine de visages sévères, préoccupés et curieux les regardaient passer.

Il continua jusqu'à la porte ouverte du bureau le plus proche du sien.

— Luli, voici Marco.

Le jeune et beau Latino bien vêtu cessa de pianoter sur son clavier et se leva. Un peu plus âgé que Luli, il la regarda avec un vif intérêt alors qu'il venait les saluer.

— Mes félicitations pour votre mariage, monsieur. Et merci pour la promotion. J'apprécie que vous ayez pensé à moi.

Il serra la main de Gabriel, en fit autant pour Luli en souriant chaleureusement.

— Bienvenue, madame Dean.

— Enchantée de vous connaître, murmura-t-elle timidement, captant la vue sur Central Park, le mini-réfrigérateur sous le bar, l'écran de présentation au-dessus de la table à quatre sièges. Je vais faire le point avec Singapour pendant que tu es occupé ? suggéra-t-elle à Gabriel.

— Prends tes aises, tu es ici chez toi, dit-il en se déportant pour qu'elle voie la plaque au nom de Lucrecia Dean, sur la porte. Marco a tout installé. Il est ton assistant. Si tu as besoin de quoi que ce soit – nettoyage à sec, billets pour un spectacle à Broadway – il s'en chargera. Au fait, Marco parle espagnol, une des raisons pour lesquelles j'ai pensé qu'il ferait la paire avec toi.

— Je le parle à peine, dit-elle d'un air confus à Marco. Il y a si longtemps…

Puis elle fit la grimace, parce qu'elle venait de comprendre que Gabriel s'était gentiment payé sa tête.

— *Gracias*, lui dit-elle. Merci.

— *De nada*. Nous sommes de sortie, ce soir. Tu peux faire un somme sur le canapé de mon bureau si tu en éprouves le besoin.

Incapable de se contenir, il l'embrassa sur la joue avant de s'éclipser.

« Mets quelque chose de spectaculaire », avait dit Gabriel en l'informant qu'ils se rendaient à un grand gala de charité au bénéfice d'un musée.

La robe de Luli était en dentelle noire, subtilement brodée de dragons. Elle moulait ses bras et s'évasait au bas de la jupe. Le fourreau était doublé de satin couleur chair, aussi ne portait-elle qu'un string pêche en dessous.

Et comme le décolleté plongeant ne permettait pas le port d'un soutien-gorge, eh bien, elle s'en était passée !

Ses sandales à talons, très glamour, étaient ornées de pierres de lune. Elle avait lissé ses cheveux, ramenés en arrière pour attirer l'attention sur ses yeux avec une touche de fard mauve et or. Un rouge carmin soulignait ses lèvres.

— Tu veux ma mort ? lâcha Gabriel, immobilisant son verre à mi-chemin de sa bouche, lorsqu'elle fit son apparition.

— Tu crois ? fit-elle avec un sourire de plaisir timide.

Et elle lui octroya sa pose « de star », main sur la hanche, le regard au loin, royalement insouciante.

— Tu vas expédier toute la ville à l'hôpital, reprit Gabriel.

Luli éclata de rire, flattée, et surtout renversée de le voir plaisanter comme un gamin. Cela l'aida à se détendre, et un léger sourire s'attardait sur ses lèvres lorsqu'ils arrivèrent sur les lieux, en effervescence aux abords du tapis rouge.

Elle portait des boucles d'oreilles en diamant que Gabriel lui avait offertes avant leur départ. Comme elle ne voulait pas les accepter, il avait prétendu que c'était un prêt – à moins qu'elle ne décide de les garder. Elle n'en ferait rien. Mais elle les adorait.

Les photographes se ruèrent pour les prendre en photo, demandèrent de quel couturier était signée sa toilette, comment était leur lune de miel et quand ils s'étaient connus. Gabriel entraîna Luli à l'intérieur, lui épargnant d'avoir à répondre.

— Tu dois voir des personnes précises, ce soir ? demanda-t-elle alors qu'il lui tendait une coupe de champagne.

— Ce sont elles qui viendront à nous, dit-il avec une hauteur désinvolte.

Elle savait qu'elle n'était pas la seule à avoir pour lui une admiration éperdue. Portier, pilote, haut cadre, gouverneur… tous essayaient de prévenir les désirs de Gabriel.

— Je me demande s'il t'arrive d'aller vers qui que ce soit !

— Pas si je peux l'éviter, répondit-il sans honte. Je déteste les gens. Je ne m'adresse à eux que s'ils m'y invitent.

— Hum, grommela-t-elle, survolant la foule du regard.

— Toi, ça ne compte pas.

— Parce que je ne suis pas une personne, peut-être ?

— Luli…, dit-il, vaguement gêné, en lui touchant le coude.

Elle lui laissa voir qu'elle plaisantait, sous ses airs scandalisés. Il lâcha un : « pff ! » et se détourna, l'air écœuré. Sans trop savoir pourquoi, elle se mit à rire, et il la regarda avec tant d'admiration qu'elle se sentit sur un petit nuage. Il était si beau, avec ses traits sculptés, son regard intense, son sourire cynique à peine ébauché, ses cheveux au désordre étudié où elle avait envie de glisser les doigts…

« Préserve-toi pour une relation importante. Avec un homme spécial. »

Ne réalisait-il pas qu'*il* était spécial ?

Une femme surgit soudain et le prit par le bras, d'une façon qui lui parut un peu trop familière. Elle voulut qu'il lui présente Luli.

— Brittany Ferris, dit-il après un temps. Lucrecia Dean.

Brittany « embrassa » Luli sans même lui effleurer les joues, et voulut tout savoir de leur rencontre. Luli avait déjà connu des personnes dans son genre. L'espèce particulière de celles qui se comportent en amies, mais n'ont pas une once de gentillesse en elles.

— Luli a géré les affaires de ma grand-mère ces huit dernières années, expliqua Gabriel.

— J'ai entendu parler de ton héritage ! Tu es maintenant à la tête d'un milliard de dollars ! s'écria Brittany, se hâtant d'ajouter d'un air de sympathie : mes condoléances… Je ne savais pas que tu avais une grand-mère, et encore moins une histoire avec sa gestionnaire.

Elle regarda Luli de haut en bas.

— Vous devez être très rusée, pour avoir gardé si longtemps cette relation secrète.

Luli lui réserva le traitement qu'elle avait réservé à toute sorcière qui avait cru pouvoir lui décocher un compliment empoisonné.

— Gabriel a dit un jour que j'étais *rouée*. Pas vrai ?

Il lui adressa un regard interrogateur. Était-elle sûre de vouloir jouer à ce jeu-là pour apprendre à qui elle avait affaire ?

— En effet, admit-il après un bref silence. Et je le pensais.

Quelqu'un d'autre les aborda, contraignant Brittany à continuer sa route. Gabriel tint sa cour pendant le reste de la soirée, continuant à présenter Luli comme la gestionnaire de Mae, même lorsqu'un professeur d'une prestigieuse école de design demanda si Luli avait jamais envisagé d'être modèle.

Gabriel lui serra la main, l'avertissant de ne pas donner suite.

— On conseille à toutes les femmes grandes de faire du mannequinat ou du basket, pas vrai ? dit-elle.

— Pas avec autant d'insistance qu'à *vous* ! J'ai des contacts dans plusieurs agences. Il faut absolument qu'elle soit immortalisée dans les pages de *Vogue*, Gabriel. En Chanel. Il n'est pas possible que ce visage-là languisse dans un bureau !

— Pourquoi pas ? C'est le cas du mien, répondit

Gabriel avec une vanité joyeuse. Luli est une remarquable programmeuse. Je me battrai pour la garder.

Elle n'était pas sûre qu'il soit sincère, mais leur interlocuteur s'éloigna, et d'autres les abordèrent. Quelques heures plus tard, de retour à l'appartement, Gabriel lança :

— Tu es bien silencieuse. Cela t'a fatiguée ?

— Non, murmura-t-elle. Il était juste difficile d'être en représentation pendant des heures. J'ai mal aux joues à force de sourire.

— Ne t'y sens pas obligée. Fais comme moi.

Elle s'enfonça dans le canapé, dont les coussins étaient garnis de duvet d'oie, avec la sensation de se vautrer dans le luxe. Elle ôta ses chaussures et remua les orteils avec délice. Une domestique se présenta avec une théière de thé chinois, dont Luli avait avoué avoir la nostalgie après son effondrement à Paris. Depuis, elle y avait droit chaque soir.

— Merci, dit-elle en adressant un sourire chaleureux à la jeune femme.

Elle avait envie de lui dire : « Je suis des vôtres. » Mais Gabriel la congédia.

— Je pensais que Brittany t'avait contrariée, dit-il, se défaisant de son habit et de sa cravate et les abandonnant sur le dossier du canapé. Elle est sortie après toi des toilettes des dames et m'a souri comme si elle venait de couler mon cuirassé.

— Tu veux rire ! répliqua Luli d'un air de pitié dédaigneuse, en gagnant le bar, où était la théière. Je connais une école au Venezuela où elle pourrait apprendre enfin à sortir les griffes.

— Donc, elle t'a dit quelque chose ? fit Gabriel, tendu.

— Elle m'a dit que vous aviez couché ensemble.

Luli s'interrompit alors qu'elle versait le thé, leva les

yeux et vit à son expression que c'était vrai. Elle ignora son coup au cœur, achevant de se servir.

— En fait, elle m'a demandé si tu m'avais appris votre liaison. J'ai répondu que tu y attachais sans doute trop peu d'importance pour en parler.

Gabriel détourna les yeux, mais elle vit se contracter sa bouche.

— Ensuite, elle m'a avertie qu'elle pouvait facilement me nuire et ruiner ma réputation auprès de la haute société new-yorkaise. Je lui ai rétorqué qu'elle était sûrement très déçue que ça n'ait pas marché entre vous, et que c'était peut-être dû au fait qu'elle parlait de toi dans ton dos. J'ai ajouté que je te poserais la question. Ça ne lui a pas plu.

Gabriel émit un petit rire.

— Chaque fois que je me fais du souci pour toi, je m'aperçois que tu es parfaitement capable de te défendre.

— Vraiment ? fit-elle d'un ton léger, alors qu'elle était tourmentée par l'aiguillon de la jalousie. Pourquoi séduire une femme pareille ? Je croyais qu'il fallait se « préserver pour quelqu'un de spécial » ?

— Je ne suis plus vierge, tu sais.

Pivotant sur elle-même, elle vit qu'il avait fourré les mains dans ses poches, et que tout son être s'était crispé. Elle fut traversée d'une pensée affreuse :

— Es-tu sorti avec quelqu'un depuis que…

— Non ! coupa Gabriel. Pourquoi ferais-je une chose pareille ? D'ailleurs, nous sommes constamment ensemble. Je m'abstiens depuis que nous nous connaissons.

— Alors… combien de temps ce mariage doit-il durer ? Sommes-nous censés attendre qu'il soit fini pour avoir des relations sexuelles ?

— Que demandes-tu ? Si tu as le droit de coucher avec d'autres ? Non. Aucun de nous ne fera d'entorse. Nous n'avons pas besoin de susciter les commérages, qui ne feraient que compromettre la crédibilité de notre union.

— Donc, je suis censée vivre ici avec toi en me demandant comment c'est de faire l'amour ?

— Je t'ai déjà expliqué pourquoi nous ne pouvons pas coucher ensemble, soupira Gabriel.

— Parce que je pourrais souffrir lorsque nous nous séparerons. Eh bien, sache que cela me *blesse* que tu aies pu coucher avec une femme comme *elle* et que tu ne puisses pas consentir à *me* faire l'amour.

— C'est de Brittany que tu parles ? Les gens attendent toujours quelque chose de moi, tout le temps, dit-il avec une profonde lassitude. Parfois, il paraît plus simple de partager le lit de quelqu'un dont les motifs sont transparents. Je n'avais pas compris qu'elle buvait, sinon j'aurais gardé mes distances. Ça n'a même pas duré une semaine.

Il avait déjà évoqué l'alcoolisme de son père, qui en était mort. Elle devinait, à son air distant, que cela avait été dur. Elle en avait le cœur ému, elle avait envie d'aller vers lui, mais son immobilité la retenait.

— Je ne bois pas, souligna-t-elle. Pas plus que toi.

— Je l'ai remarqué. J'apprécie qu'il en soit ainsi.

— Alors ?

— Luli, tu es beaucoup trop vulnérable.

— Tu viens de dire que tu n'as pas à te faire de souci pour moi.

— Pourtant, je m'en fais.

— Eh bien, moi, je m'en fais pour toi ! Tu couches avec des femmes pour qui tu n'as même pas de sympathie !

— C'était une erreur de jugement, la seule d'ailleurs. Écoute, laisse tomber, soupira Gabriel. On ne peut pas faire ça, d'accord ? Je ne peux pas te laisser croire qu'il s'agit d'un vrai mariage, entre nous.

— En quoi le fait de consommer un mariage le

rend-il plus ou moins vrai ? Les gens mariés couchent ensemble. Tu crains, si nous le faisons, que je ne désire que tu tombes amoureux de moi ?

— Oui.

Luli replia les bras autour d'elle, comme si cela pouvait contenir sa souffrance. Déjà, son mariage prenait une tournure sombre. Elle était folle de désir, alors que Gabriel, lui, n'éprouvait rien.

— Je ne peux pas prétendre le contraire, reconnut-elle. J'ai toujours désiré que quelqu'un m'aime.

Il se raidit, comme si ces mots avaient porté.

— Ce n'est pas aussi idyllique qu'on l'imagine, crois-moi.

— Comment le sais-tu ? As-tu aimé quelqu'un ? demanda-t-elle avec la sensation de sombrer. C'est pour ça que…

— Non, dit-il d'un ton brutal qui la surprit.

— Non ? Même pas tes parents ?

— Si, ma mère, bien sûr.

Il avait lâché ça comme si on lui arrachait une dent.

— Il n'y a pas de « bien sûr ». Je n'éprouve rien pour mon père, et ma mère m'inspire des sentiments horribles. Si tu aimais ta mère, et qu'elle t'aimait, c'est une bonne chose.

— Eh bien, la mort de ma mère me donne du chagrin parce que *je l'aimais*. Mais j'ai des sentiments horribles envers mon père. Il a été incapable d'encaisser sa disparition. Parce qu'il *l'aimait*. Il vitupérait, et pleurait, et cassait tout. Il me disait que l'amour était une torture, et que je ne devais jamais m'autoriser à aimer. Un vrai cauchemar…

Pour une fois, Gabriel était sorti de sa forteresse !

— Je n'allais pas suivre le conseil d'un homme qui était soûl du matin au soir. Mais il m'agrippait et sanglotait, il tombait à genoux et me disait qu'il m'aimait. Il me faisait promettre de ne jamais le quitter, ne jamais tomber malade, ni avoir d'accident, ni mourir. J'avais sept ans. Je ne voyais pas comment lui promettre ça ! Et j'ignore si je l'aimais mais, ce que je sais, c'est que c'était une torture.

Luli déglutit avec difficulté, pensant à son chagrin et à sa confusion, au harcèlement qu'il avait subi en classe. Il avait dû se sentir si seul ! Jusqu'à ce qu'il ait de l'argent. Alors, tous avaient voulu devenir ses amis.

Laissant là sa tasse de thé, elle le rejoignit et l'amena à lui tendre la main, pour loger au creux de sa paume les boucles d'oreilles qu'elle venait d'ôter.

— Je les adore, elles sont si belles ! Mais je n'accepterai de les garder que si tu insistes pour me les offrir. Tu m'as apporté quelque chose d'*essentiel*, Gabriel. Tu as su m'écouter, m'accorder de l'intérêt, me témoigner de la bienveillance. Cela a infiniment plus de valeur à mes yeux que tout ce que tu pourrais m'acheter.

Elle lui replia les doigts sur les bijoux, effleurant du bout du pouce les jointures solides de sa main. Des émotions l'avaient envahie, qu'elle ne savait pas exprimer. Il y avait dans le lot de la gratitude, mais aussi d'autres éléments confus qui la poussaient à quêter quelque chose en lui, et en même temps à donner.

— Je n'ai rien à te donner d'équivalent, poursuivit-elle d'une voix enrouée. La seule chose que j'aie à offrir, c'est moi. Si tu ne m'aimes pas, ça ne fait rien. J'ai envie de te toucher, de te serrer dans mes bras et d'éprouver toutes les choses que tu me fais ressentir. Je veux savoir comment ce serait si quelqu'un m'aimait pour de bon.

Il lâcha un soupir étranglé et retira sa main, l'enfonçant dans sa poche. Elle posa les doigts sur son torse.

— Je ne veux pas que tu me protèges contre toi,

ou contre moi-même. Je veux que tu me permettes de devenir la femme que je désire être.

— Je ne suis qu'un homme, Luli, dit-il d'une voix âpre. Quand ça tournera mal, je veux que tu te rappelles ce moment. J'ai essayé d'être honorable. Jusqu'au bout.

9.

— Vraiment ? fit-elle, l'excitation, l'appréhension et une joie anticipée se mêlant en elle.

— J'ai eu envie de t'arracher cette robe pendant toute la soirée, dit-il, révélant une faim si primitive qu'elle en eut le cœur affolé.

— Ah, non alors ! Je l'adore et je ne veux pas que tu la froisses.

— Décidément, tu es née pour me rendre fou ! Monte. Enferme-toi dans ta chambre ou rejoins-moi dans la mienne. Tout de suite.

Luli souleva les pans de sa jupe et monta l'escalier à la hâte, Gabriel grimpant les marches quatre à quatre derrière elle. Elle se rendit tout droit chez Gabriel, faisant volte-face pour l'affronter.

Il était à sa suite, chemise ouverte, les pans sortis de son pantalon de smoking battant comme des ailes. Elle eut un léger soupir étranglé en découvrant sa peau couleur de bronze, ses muscles lisses et tendus. Tel un fauve bondissant, il la saisit et l'attira contre son torse nu. Ses lèvres s'abattirent sur les siennes, possessives et rudes, avides. Insatiables.

L'entendant gémir, Gabriel redressa aussitôt la tête.

— Non ?

— Si, souffla-t-elle en nouant les bras autour de son cou. Avant de lui offrir ses lèvres.

Elle lâcha un cri étouffé d'excitation lorsqu'il glissa la langue dans sa bouche, tandis que ses bras se refermaient autour de sa taille de guêpe.

— Dis-moi que tu aimes ça, souffla-t-il contre sa peau. Parce que c'est tout juste si j'arrive à me contenir.

— Oui, j'adore ça…

Elle glissa les mains sous sa chemise ouverte, lui libérant les épaules, aspirant à le toucher partout. Il se redressa pour enlever le vêtement, et elle vit de nouveau son regard – affamé, de prédateur. Une envie fiévreuse enflamma le cœur de sa chair, et elle frémit d'attente et de désir.

— Enlève-la, ordonna Gabriel en désignant la robe.

Sous son regard brûlant, elle passa les doigts le long des globes de ses seins, puis pivota, ramenant ses cheveux par-devant, révélant la fermeture à glissière qui courait le long du dos…

Il la fit coulisser, la dentelle moulante se relâcha, et ses mains viriles prirent possession de sa taille dénudée. Elle sentit sa bouche, et son souffle, sur sa nuque.

— Ton odeur me rend fou, murmura-t-il, éperdu.

Il lui mordilla le lobe de l'oreille, et aussitôt les pointes de ses seins se raidirent dans un picotement presque douloureux. Elle dégagea ses épaules de la robe. Avant qu'elle ait libéré ses bras, les mains de Gabriel s'étaient emparées de ses seins. Elle renversa la tête contre son épaule virile tandis qu'il les caressait. D'un mouvement instinctif, elle se cambra, plaquant les fesses contre son érection, et il accueillit ce geste avec un soupir étranglé. Ses mains viriles resserrèrent leur emprise, il referma de nouveau les dents sur la chair tendre à la base de son cou.

— Continue, lui ordonna-t-il en donnant des poussées contre ses fesses. Je veux te voir nue.

Gardant un contact étroit avec son sexe érigé, à travers

le tissu, elle acheva de se libérer des manches de la robe. Il recula alors, la laissant se délivrer tout entière. La dentelle glissa au sol et elle se retourna.

Le regard de Gabriel se promena sur elle, comme une caresse, enflammant chaque parcelle de chair. Il lui avait saisi une main, et ce geste simple la maintenait immobile, offerte à son inspection paresseuse.

Enfin, leurs regards se rencontrèrent. La main encore libre de Gabriel s'éleva et un doigt se faufila sous la lanière de son string, la rabattit, glissa le long de la taille en effleurant au passage son mont de Vénus.

Elle tressaillit, et il esquissa un sourire de satisfaction. Il fit descendre encore un peu l'autre côté du slip, renouvela la caresse en passant les doigts plus près encore de son sexe…

— Gabriel…

— C'est ce que tu veux ?

— Oui…, souffla-t-elle d'une voix à peine audible.

Avec lenteur, il accentua ses caresses tandis qu'elle fermait les yeux, étourdie de plaisir et d'attente. Enfin, ses doigts vinrent tourmenter délicieusement son clitoris et, les yeux clos, elle tendit les bras vers lui en murmurant :

— Gabriel, viens…

— Tout va bien, dit-il en ramenant derrière elle, au creux de ses reins, leurs mains unies, tandis qu'il l'enlaçait étroitement et, sans cesser de lui délivrer des caresses intimes, trouvait sa bouche. Elle lui rendit son baiser, perdue dans un océan de sensations toutes plus inouïes les unes que les autres.

Elle tenta de lui dire qu'elle le voulait tout entier, en elle, mais, inondée de plaisir, elle fut secouée par les spasmes de l'orgasme et, haletante, se cramponna à lui.

Gabriel émit un rire très doux.

— Je le savais, dit-il contre ses lèvres. Je savais que ce serait comme ça, nous deux.

*
* *

Luli était allongée sur le lit, abandonnée, les boucles soyeuses de sa chevelure encadrant son visage. Elle avait un regard un peu vague, la bouche meurtrie par ses baisers, et son corps pulpeux était un appel au crime. Gourmand, il acheva de se dévêtir, se rappela sans trop savoir comment qu'il lui fallait un préservatif, car il ne pensait qu'à être tout contre elle. Sur elle. En elle.

Il remarqua une note d'appréhension dans son regard, tandis qu'elle contemplait son sexe fièrement dressé, et il pensa que, s'il devait se contenir, il en mourrait. Mais il attendrait pourtant, aussi longtemps qu'il faudrait.

Il la couvrit de son corps et lui enveloppa le visage de ses paumes, brûlant de désir. Quand il l'embrassa, il la sentit hésitante. Il perçut sa tension, alors qu'elle écartait les cuisses pour l'accueillir. Il déposa un baiser sur la pointe de son menton, dans le creux de son cou. Il la voulait, mais comprenait qu'elle n'était pas aussi assoiffée que lui. Elle était fragile, qu'elle en eût conscience ou non.

Et elle avait des seins sublimes, un rêve ! Il s'accorda toute liberté de leur octroyer du plaisir, les titillant, léchant et suçant jusqu'à ce que les pointes gonflent et durcissent sous sa langue.

— Gabriel, gémit-elle en l'agrippant par les cheveux.

— Bientôt, dit-il d'une voix apaisante, cédant à la tentation de porter les lèvres sur son ventre, et beaucoup plus bas.

Plus bas, là était la douceur, la magie, le sésame pour la préparer à ses assauts virils. Il la titilla jusqu'à ce qu'elle se dépouille de toute inhibition, se torde sous lui en émettant de petits gémissements délicieux qui menaçaient de lui faire perdre le contrôle de ses sens.

Il avait une envie éperdue de la tenir sur le fil du rasoir, mais elle était si délicieusement proche de l'abandon !

Enfin, il la sentit aussi ravagée de désir que lui, et il s'éleva au-dessus d'elle en prenant appui sur un coude, quêtant le cœur de sa féminité.

— Dis-le encore, se contraignit-il à lui ordonner.

— Oui, dit-elle, les yeux mi-clos noyés de passion. Je te veux. Maintenant…

Il s'enfonça en elle avec extase en pensant : « Elle est à moi. » S'il lui prenait quelque chose, en cet instant, ce n'était pourtant pas à sens unique. Car elle aussi prenait possession de lui. Une possession totale, absolue.

Luli tremblait, et un plaisir brûlant inondait son corps, de nouveau au bord de l'orgasme. Elle était comme possédée. Elle adorait sentir Gabriel en elle. Elle promenait les mains sur son dos, ses hanches, ses muscles tendus, à la fois fébrile et un peu frustrée. D'un mouvement instinctif, elle releva les jambes, les croisa sur ses reins…

Il laissa échapper un bruit de gorge animal, et s'enfonça encore plus en elle. Puis il se retira lentement, la pénétra de nouveau d'une poussée ferme, jusqu'à ce qu'elle lâche un cri, en proie à d'intenses sensations. Il se raidit, et elle se cramponna à lui avec frénésie.

— Oui, Gabriel, oui. Continue…

Elle l'attira plus profondément encore au cœur de sa chair. C'était une étreinte passionnée et pourtant elle n'était pas encore comblée. Elle aurait voulu que ces sensations à la fois exquises et intolérables se prolongent à l'infini. Soudain, ce fut une explosion du cœur et du corps, un jaillissement de joie pure et brute, nouvellement éclose.

Alors que la jouissance la plus explosive qu'il eût jamais ressentie refluait, et que les cris de plaisir de Luli, emportée par l'orgasme, se muaient en petits soupirs doux et entrecoupés, une incroyable sensation de plénitude envahit Gabriel.

Il parvint, confusément, à se retirer et se débarrasser du préservatif, puis attira sa partenaire, qui se lova contre lui avec satisfaction et posa les lèvres sur son torse, avant de se détendre et de s'assoupir. Alors qu'il savourait sa chaleur, la caresse de ses cheveux contre son bras nu, le poids de sa cuisse sur la sienne, il fut soudain pris de remords.

Son *sifu* lui reprocherait d'avoir failli à la discipline, de s'être laissé régenter par son ego et les besoins de la chair. Et il était en effet coupable de tout cela. Il avait eu l'envie folle de goûter à cette femme, de s'octroyer la satisfaction vaniteuse de l'avoir initiée au plaisir, qui plus est avec talent.

Cela avait un coût. Les murailles impénétrables qu'il avait édifiées autour de lui se fissuraient. Le premier coup était venu lorsqu'elle lui avait bloqué l'accès de son propre logiciel. L'édifice s'était craquelé quand elle avait pleuré sur son épaule, à Paris. Et il s'était ébranlé davantage en Afrique, alors que la joie simple de Luli face aux beautés qui s'offraient à elle lui avait rappelé que le monde n'était pas qu'avidité, laideur, et trahison.

Maintenant, elle avait si bien fragilisé ses fondations qu'il sentait s'ouvrir en lui les failles. Parce qu'elle avait voulu savoir ce qu'elle éprouverait si quelqu'un l'aimait.

Il prit à pleins doigts sa chevelure odorante et y imprima un baiser, désireux de protéger cette femme alors qu'il avait encore envie de la posséder. Pour ce privilège-là, il était prêt à donner presque tout.

Sauf son cœur.

Il espéra follement que cela suffirait.

*
* *

Luli s'attardait dans ses préparatifs matinaux, prise d'une timidité soudaine. Après des ébats renouvelés et fougueux au petit matin, elle se sentait investie d'un mystérieux savoir. Elle soupçonnait qu'elle était amoureuse.

C'était une émotion si nouvelle qu'elle éprouvait le besoin de la disséquer, d'essayer de comprendre pourquoi elle pesait si lourd. De comprendre pourquoi l'amour, qu'elle avait tant espéré, ne trouvait pas, maintenant qu'elle en avait un aperçu, à se nicher en elle et lui insuffler un sentiment de sécurité, de plénitude.

Elle voulait que Gabriel l'aime mais, étrangement, elle voulait plus encore qu'il la laisse l'aimer. Une douleur poignante la transperça à l'idée que Gabriel rejette lui aussi son amour, comme l'avait fait sa mère. Étant donné l'enfance qu'il avait eue, elle comprenait ses réserves. Elle aurait tant voulu, d'un coup de baguette magique, guérir sa souffrance !

Mais elle devait aussi se montrer forte. Elle ne pouvait pas s'aliéner par crainte d'être seule. Elle pouvait aimer Gabriel, pas devenir l'esclave de cet amour.

Prenant une profonde inspiration pour se donner du courage, elle descendit prendre son petit déjeuner, en peignoir.

— Je n'étais pas sûre que tu serais encore là, murmura-t-elle en le rejoignant alors qu'il était près de 10 heures.

— Pourquoi Marco t'a-t-il fixé un déjeuner avec le prof d'hier soir ? demanda-t-il, levant les yeux de sa tablette.

Son regard s'attarda sur sa bouche, puis il sembla se retrancher derrière un mur invisible. Il attendit sa réponse.

— Pardon ? Oh ! il voulait me parler du mannequinat, je lui ai dit de se mettre en relation avec mon secrétaire. J'ignorais qu'il parlait sérieusement. Ça te dérange ?

— Non, dit-il d'un ton abrupt – comme s'il était contrarié, au contraire. Il se peut qu'il ait des relations, mais il a peut-être seulement envie d'être vu avec toi. Fais-lui bien savoir que tu n'as pas besoin d'argent et que tu lui accordes une faveur.

Qu'il était donc cynique ! pensa-t-elle, ravalant un soupir.

— Et je devrai le laisser payer le déjeuner parce que en fait je *n'ai pas* d'argent.

— Tu as une carte de crédit et une généreuse allocation. Si tu veux du liquide, demande à Marco d'en retirer.

Luli secoua la tête, tout en dépliant sa serviette.

— J'ai rayé l'allocation sur le contrat de mariage. Je pensais en discuter avec toi, mais le mariage a eu lieu et…

— J'ai rétabli l'allocation en y ajoutant un zéro supplémentaire. Fais donc attention à ce que tu signes. Si tu ne prends pas cette peine, ce déjeuner est une mauvaise idée, je préfère te prévenir.

— Gabriel ! Tu sais que ça me met mal à l'aise ! Je ne veux pas que tu m'offres…

Elle s'interrompit en découvrant, sous la tasse à café retournée, ses boucles d'oreilles en diamant. Leurs ébats intimes affluèrent à sa mémoire. Cette nuit, elle lui avait offert son âme et, lui, il lui donnait… des bijoux.

Parce que c'était tout ce qu'il avait à offrir ? La bouche tremblante, elle prit un pendant, qui capta la lumière du soleil et renvoya des scintillements d'arc-en-ciel.

— J'avais dit « seulement si tu insistes pour me les offrir », lui rappela-t-elle, la voix rauque.

Elle avait voulu savoir ce qu'on ressentait quand on était aimé, et au lieu de ça elle se sentait flouée.

— J'insiste.

Il avait parlé d'un ton si réservé qu'elle en eut le cœur serré. C'était un avertissement, réalisa-t-elle. Il lui donnerait des diamants, des cartes de crédit à retrait illimité… mais pas autre chose. Tel était le marché.

Alors que pour sa part elle lui avait offert sa passion, sa virginité, et elle aurait voulu lui donner tant et tant ! Elle s'avisa soudain qu'il ne le lui avait pas interdit.

— Soit, je les accepte, dit-elle en ravalant le nœud qui lui nouait la gorge. Sais-tu pourquoi ?

Il fronça les sourcils d'un air interrogateur, prudent.

— Parce qu'un jour, bien après notre divorce, quand je serai vieille et d'humeur nostalgique, je les mettrai. Ma fille me demandera d'où ils viennent, et je lui répondrai : « Ton père ne voulait pas que je les porte, de son vivant. Il savait que cela m'évoquait mon premier mari, auquel je pensais toujours avec une vive émotion. »

Avec amour. Tant d'amour !

— Mais je ne lui révélerai pas en quoi c'est un bon souvenir, parce qu'il y a des choses que les filles n'ont pas envie de savoir au sujet de leurs mères.

L'expression de Gabriel ne se modifia pas, mais elle vit se crisper sa mâchoire.

— Je croyais que tu ne voulais pas d'enfants.

Elle haussa les épaules.

— Il n'empêche que je penserai à la nuit écoulée, quand je les porterai.

Elle mit les boucles d'oreilles et, délibérément, rencontra son regard, sûre à présent qu'il y penserait aussi.

Tu n'as pas respecté nos accords. Ton accès est annulé. Rejoins-moi dans la salle de conférences du dixième étage.

— Quoi ? Mais pourquoi ? Oh ! zut !

Luli avait fait une mise à jour, et le logiciel de Gabriel avait écrasé le codage. Elle ne pouvait pas faire une restauration à partir de la sauvegarde. Elle n'avait plus d'accès. Anéantie à la vue de l'écran vierge et de ce message sec, elle se vengea en malmenant le clavier devenu inutile.

— Madame Dean ? fit Marco, apparu sur le seuil comme un de ces personnages de dessin animé qui défient le temps et l'espace. Je vais appeler le service informatique.

— Indiquez-moi plutôt où se trouve la salle de conférences du dixième étage. Et, je vous en prie, appelez-moi Luli.

— M. Dean est le seul à vous appeler comme ça. Je pensais que c'était un surnom affectueux.

Un surnom affectueux ! Gabriel venait de la priver du seul job qu'elle ait jamais eu – après l'avoir réduit à la portion congrue. Pendant la semaine, il lui avait fait vendre des placements, stockant les liquidités dans ses coffres. Les registres et archives du personnel avaient été transférés dans son service comptable central. Les agents immobiliers des complexes de Mae ne dépendaient plus d'elle, et même ses courriels étaient mis en copie.

— Vous m'accompagnerez à mon déjeuner, demain ? demanda-t-elle à Marco pendant qu'ils gagnaient le dixième étage.

— Bien sûr. Nous y voici, dit Marco, lui ouvrant une porte.

— Nous en reparlerons quand je remonterai, lui dit-elle en entrant dans la salle de conférences. Oh…

Il y avait là une cinquantaine de personnes. Elle entra aussitôt dans la peau de son personnage, lançant un « Bonjour ! » ponctué d'un sourire.

Ils en restèrent bouche bée, et la suivirent du regard pendant qu'elle longeait l'allée proche du mur. Tous étaient assis comme dans un parterre de théâtre en face de Gabriel, debout devant un écran de projection. Le message qu'il lui avait envoyé y était affiché.

Des *remontrances en public* ? Vraiment ?

Il la prit par la main alors qu'elle l'avait rejoint.

— Luli, je te présente mon équipe de développement de logiciels. Pour être plus précis, les techniciens des divers modules et applications. Chacun de ces hommes et de ces femmes supervise cinquante à cent codeurs, mais tu ne vois ici que les plus brillants, les meilleurs.

Il y avait un tranchant dans sa voix qui les poussa tous à se tasser sur leurs sièges. Luli le lorgna d'un air soupçonneux tandis qu'elle se forçait à sourire et à lancer un :

— Bonjour tout le monde !

— Je leur ai montré comment tu as personnalisé notre logiciel pour ma grand-mère, les entrées que tu as utilisées, et des échantillons du programme que tu as codé.

Il pianota sur son portable et elle vit apparaître, par-dessus son épaule, le script dont elle s'était servie pour lui bloquer l'accès.

— Nous nous sommes amusés à un petit exercice, continua-t-il. Il a fallu aux cerveaux réunis dans cette salle deux heures pour passer ton portail et te bloquer l'accès.

— Ta grand-mère était prudente, dit-elle en lui retirant sa main. C'était pour protéger ses intérêts, pas pour pirater ton système.

— Non, mais tu aurais pu le faire. Et il n'y a pas beaucoup de hackers de ton niveau. Le fait que tu aies pu aller aussi loin prouve que chacun de nos clients est vulnérable. J'ai mis au point des correctifs pendant que nous étions en Afrique. Que nous avons inclus dans ta mise à jour de ce matin. Cela va impacter la fonctionnalité du programme. Il faudra le nettoyer et le personnaliser. J'aimerais que tu supervises les opérations.

Diriger trois à quatre mille personnes ? Elle ? Était-il vraiment sérieux ?

— Et, quand les gens suggéreront que j'ai nommé mon épouse vice-présidente du développement de logiciels par favoritisme, que répondrez-vous ? demanda-t-il à l'assemblée.

Il y eut un silence, puis une voix s'éleva :

— Qu'elle est géniale, et nous a ridiculisés !

— Certes. Mais bientôt elle fera de vous des stars, assura Gabriel. Il n'y a qu'à voir l'effet qu'elle a sur moi !

Et il tendit le bras à Luli. Elle avança, comme animée par une force qui la dépassait, mais elle lui adressa pourtant un regard d'avertissement.

— Puis-je te parler en privé ? demanda-t-elle avec un grand sourire.

10.

Gabriel l'emmena dans son bureau et en referma la porte.

— J'admets que je t'ai prise en traître, dit-il, appréciant qu'elle ait gardé son calme devant l'équipe.

Sa capacité à s'adapter à tout était une des raisons qui l'avaient poussé à lui confier une telle responsabilité.

— Mais ils avaient besoin qu'on les ramène à plus d'humilité, continua-t-il. Je voulais qu'ils t'acceptent pour ton travail, avant de leur faire savoir qui s'était montré plus malin qu'eux.

— La manière dont tu diriges ton entreprise te regarde, mais ne m'y mêle pas sans me le demander d'abord.

— Tu voulais un job, lui rappela-t-il. C'est un bon poste.

— Un poste super important ! Je suis incapable de diriger tout un service !

— Tu es particulièrement qualifiée pour ce job, au contraire. Tu connais les failles et tu auras la rigueur et l'inventivité nécessaires pour y remédier. Lorsque tu sais ce que tu veux, tu sais très bien l'obtenir. Tu es même capable de me tenir tête. Tu t'en tireras parfaitement.

— Justement, je ne veux pas de ce job.

— Tu refuses le poste fabuleux que je te donne ?

— Que tu me *donnes*. C'est donc du favoritisme.

— Non, dit-il, s'efforçant à la patience. J'ai de vraies raisons de t'avoir choisie. Je t'ai expliqué pourquoi.

— Mais, *moi*, ai-je le choix ? C'est une proposition ou un ordre ?

— Une proposition, avec un salaire d'un quart de million de dollars à la clé.

— Alors là, si ce n'est pas du favoritisme !

— Appelle un chasseur de têtes, dit-il en désignant le téléphone. Il te dira que c'est un salaire compétitif, qui n'a rien d'extravagant.

— Appelle-le toi-même ! maugréa-t-elle. Je peux gagner le double en me roulant les pouces à la maison, grâce à mon allocation.

Il leva les mains au ciel, réellement dérouté.

— À Singapour, tu as affirmé que tu me démontrais tes talents. Et tu l'as fait. Tu viens de les prouver à une salle pleine de programmeurs de haut vol. Je t'offre un boulot dans ce domaine, et tu le refuses ?

— Si j'acceptais, combien de temps crois-tu que cela durerait, Gabriel ?

La pointe de tristesse qui perçait dans sa voix le toucha au cœur, le prenant par surprise.

— Me sera-t-il possible de terminer ma mission avant que notre mariage finisse ? Voudras-tu encore de moi ici quand nous serons divorcés ? Auras-tu assez confiance en moi pour penser que je n'emporterai pas mon savoir chez un concurrent ? Tu ne veux pas que je sois aussi fortement impliquée dans ton existence, je le sais. C'est pour cette raison que tu t'es appliqué à m'en tenir à l'écart depuis notre rencontre !

Avait-il autant réfléchi, anticipé les choses ? Pas vraiment. En revanche, il était persuadé qu'elle resterait s'il lui donnait suffisamment de raisons de le faire. Dans son entreprise, dans sa maison… et dans son lit ?

Sans faire de promesses qu'il savait ne pas pouvoir

tenir, il décida de se montrer simplement honnête avec elle, et affirma :

— Notre mariage pourrait être une réussite, Luli.

— Oui, à condition que j'accepte de te donner des enfants et attende seulement de toi que tu assouvisses mes besoins physiques, n'est-ce pas ? lança-t-elle avec amertume. Mais il se trouve que j'ai d'autres besoins, d'autres aspirations, Gabriel.

Sa voix douce et son tourment silencieux lui étaient insupportables, et il se tourna vers la baie. Au bout d'un moment, il entendit des pas feutrés, derrière lui. Elle lui enlaça la taille, et sa tête se posa contre son dos.

— Je me demanderai toujours qui je suis censée être, murmura-t-elle tout contre lui. Pas celle que ma mère, ou Mae ou toi aurez façonnée. La personne que je deviendrai par moi-même. Je dois accomplir ça, au moins…

Il regarda ses mains, posées sur son torse, l'anneau qui brillait à son doigt. Il pouvait lui donner son cœur, ou lui rendre sa liberté.

Il déglutit, lui saisissant les poignets pour y déposer un baiser. Sa peau était si douce, si chaude…

— Alors, fais ce que tu dois faire, dit-il, la mort dans l'âme. Je trouverai quelqu'un d'autre. Cela ne devrait pas être si difficile.

— Merci. Oh ! zut ! dit-elle en lui frottant le haut du dos. J'ai mis du rouge à lèvres sur ta chemise. Il va falloir que tu te changes. Désolée…

— Tu sais ce qu'on va penser, si je change de chemise après un entretien privé avec ma femme.

— Que je t'ai expédié du café à la figure ? lança-t-elle avec un sourire enjôleur qui le bouleversa.

Elle se pendit à son cou, plus sûre chaque jour de son pouvoir féminin. Il adorait qu'elle se montre aussi hardie. Il la souleva, remonta sa jupe, et elle replia les jambes autour de ses reins. Il aurait pu l'emmener jusqu'au canapé, plus confortable, mais ce fut le bureau qu'il choisit. Alors qu'elle heurtait son sous-main, il sut qu'il penserait à elle, désormais, chaque fois qu'il s'assiérait à sa table de travail…

Il était insensé de vouloir que le souvenir de Luli imprègne son espace privé, mais il y tenait. Il voulait partout sa trace. Son odeur sur sa peau virile, la marque de ses dents sur son épaule, son souffle chaud contre son oreille. Il avait besoin de toutes ces choses, car un jour ce serait tout ce qu'il lui resterait.

Si folle que fût son envie de la dénuder et de la prendre, il se sentit soudain pris par un besoin plus profond. Qui exigeait qu'il prenne son temps, savoure chaque caresse…

Il l'embrassa avec tendresse, et sourit lorsqu'elle voulut approfondir le baiser. Il aurait aimé lui dire combien il la trouvait belle et voulait lui donner un plaisir infini, mais les mots s'étranglaient dans sa gorge tandis qu'une douleur poignante lui enveloppait le cœur. Il avait mal. Tout au fond de lui, un vide douloureux se creusait. Le seul moyen d'apaiser cette souffrance, c'était de la dévêtir, de la toucher, de l'étreindre. De s'enfoncer en elle et d'y rester, tandis qu'il l'embrassait avec lenteur, les grisant tous deux avec la magie puissante qu'ils savaient si bien créer ensemble.

Lorsqu'ils furent sur le point de basculer de l'autre côté, hors de la réalité et hors du temps, il sut qu'il serait lié à elle pour toujours.

Trois semaines plus tard, avec une vive excitation, Luli posa pour une séance-test de prises de vue. Le résultat fut une sélection de photos allant de la publicité pour un parfum classique à un cliché d'avant-garde où elle était maquillée à la diable, un bigoudi encore dans les cheveux, un peignoir en feuille d'aluminium rabattu sur l'épaule.

Gabriel se contenta de dire :

— Tu es très photogénique.

Elle ne s'était pas attendue à un déluge de compliments, mais elle avait espéré un peu mieux.

Un grand fossé s'était creusé entre eux depuis qu'ils avaient fait l'amour dans son bureau. Luli avait tenté un rapprochement en se donnant à lui, mais l'effet avait été temporaire et la séparation, ensuite, plus douloureuse. Il lui apparaissait de plus en plus que Gabriel avait dit vrai : elle voulait son amour mais, hélas, il était incapable de le lui donner. C'était une affreuse souffrance de ne pouvoir conquérir son cœur. Pour cette raison, elle tenait à construire la vie qui serait la sienne lorsque leur union prendrait fin. Au moins, un emploi du temps surchargé l'aiderait à tenir la douleur à distance !

— J'ai décidé d'accepter le job à Milan, lui dit-elle alors qu'ils se préparaient pour une première à Broadway.

Elle remarqua la brève hésitation de sa main alors qu'il tendait le bras pour décrocher une chemise. Il n'était couvert que d'une serviette enroulée autour de la taille. Son dos musclé avait une splendeur animale.

— Je partirai samedi matin, comme ça, je serai reposée pour travailler, lundi.

Je t'en prie, demande-moi de rester... Dis-moi que tu ne peux pas vivre sans moi.

— Je voyagerai en première, et Marco m'accompagne. Mes clients ont payé son billet.

Entre autres talents, Marco assurait sa sécurité. Gabriel n'avait jamais été menacé de kidnapping ou autres dangers, mais étant donné sa position sociale il prenait des précautions. Elle et Marco étaient en train de devenir amis, elle appréciait sa présence lorsque Gabriel n'était pas là.

— Prends le jet, dit-il.

— Ils ont déjà tout arrangé. Il n'y a pas de raison que tu assumes ce genre de frais.

— Je me moque de l'argent.

— De quoi ne te moques-tu pas ? lâcha-t-elle, regrettant aussitôt ses paroles.

— Que veux-tu me faire dire, Luli ? Tu me mets dans une situation intenable. Si je te demande de ne pas travailler, je te brime. Si je te laisse partir, c'est un abandon.

— Mais, toi, tu gagnes sur toute la ligne, insista-t-elle dans une bouffée de colère. Tu ne voulais pas de moi dès le départ. Je m'en vais, je te rends ta solitude bien-aimée, et tu ne me remercies même pas !

Sentant que la voix lui manquait, elle sortit du dressing et gagna sa chambre. Même si elle partageait le lit de Gabriel, toutes ses affaires s'y trouvaient encore. Rien de ce qui lui appartenait n'avait droit de cité dans l'espace privé de Gabriel !

— Je t'avais prévenue, lui dit-il après l'avoir suivie.

— Oui, tu as voulu me protéger contre mes illusions romantiques, et ne pas t'attacher à moi. Tu as raison. C'est douloureux d'avoir des sentiments pour quelqu'un. Même si tu me donnes la sensation d'être aimée quand nous sommes au lit, le chagrin revient ensuite, lorsque je me rappelle que tu n'éprouves rien. C'est pour ça que je pars. Et j'accepterai tous les jobs qu'on m'offrira pour ne pas revenir ici et… espérer.

— Luli…

— Ne t'inquiète pas. On ne peut pas forcer l'amour de quelqu'un. Je l'ai accepté depuis longtemps. Mais je dois arrêter d'essayer. Je… préfère ne pas sortir, si ça ne t'ennuie pas. Je vais prendre un bain et me coucher tôt.

*
* *

Gabriel remua et tendit le bras de l'autre côté du lit. Elle n'était pas là.

Il se réveilla en sursaut et se demanda aussitôt comment il allait tenir le coup un jour de plus. Six jours s'étaient écoulés, et il dépérissait. S'étiolait. Même son travail qui avait toujours été son moteur et lui apportait d'ordinaire une grande satisfaction lui paraissait soudain vain, sans intérêt.

Luli lui manquait – la sensation de sa peau contre la sienne, son poids sur le matelas près de lui, son sourire de l'autre côté de la table, son rire résonnant dans un couloir.

« On ne peut pas forcer l'amour de quelqu'un… Mais je dois arrêter d'essayer. » En entendant ces mots, il avait été saisi d'une angoisse intolérable. Il ne voulait pas qu'elle arrête d'essayer !

Il était douloureux d'avoir des sentiments pour quelqu'un. Il avait toujours su mieux que quiconque à quel point aimer pouvait être douloureux. Se pouvait-il qu'il fasse souffrir Luli dans le seul but de lui prouver qu'il avait raison ?

Il ne s'était certes pas épargné de souffrance en la tenant à distance. Quant à elle, elle s'était comportée comme si elle lui rendait service en partant, et il avait tenté de se convaincre qu'il ne désirait pas qu'elle reste.

Hélas, comprit-il, rien n'était moins vrai. Il voulait qu'elle reste. Il avait besoin d'elle. Comme de l'air qu'on respire, l'eau qui nous désaltère, le soleil qui nous réchauffe…

Rabattant les couvertures, il prit son mobile, se demandant ce qu'il lui dirait si elle prenait l'appel.

C'était le milieu de la matinée, à Milan. Elle travaillait sans doute déjà.

Il fit s'éclairer l'écran tactile et lut un message de Marco qui lui donna un grand coup au cœur.

11.

La journée avait été terriblement longue. Pourtant Luli parvenait encore à se montrer positive et dynamique, les lèvres à un souffle de celles de son partenaire – un bel Italien dont le regard brun venait se poser sur Marco à chaque moment de pause, mais qui avait l'art de faire croire à sa passion pour elle tandis qu'il l'enlaçait, incliné vers elle d'un air dominateur.

— Nom d'un chien !

La voix de Gabriel tonna dans le studio de prise de vue, interrompant le cliquetis rapide de l'obturateur photo. Le partenaire de Luli l'aida à garder son équilibre. Puis il s'interposa entre elle et Gabriel, qui marchait droit sur eux avec une expression assassine.

— Monsieur !

Marco se précipita pour intercepter son patron.

— Gabriel ! s'exclama Luli, s'arrachant à l'étreinte de l'Italien. Que fais-tu ici ?

— Je suis désolé, je l'ai prévenu, intervint Marco en la regardant d'un air d'excuse. C'est ma faute. J'étais inquiet.

Il ajouta d'un ton apaisant en s'adressant à Gabriel :

— Ils ont presque fini. Nous pouvons attendre à l'extérieur.

— Je ne bougerai pas d'ici, dit Gabriel, croisant les bras.

Luli n'aurait pas dû être surprise que Marco ait informé Gabriel de la mort de sa mère. Pendant des années, elle avait programmé des alertes pour repérer les nouvelles la concernant. Mais elle n'en avait pas récolté une seule depuis longtemps, avant celle de la veille. Son décès des suites d'une opération chirurgicale avait été relayé par la presse vénézuélienne parce qu'elle avait été autrefois une beauté célèbre. Mais on ne donnait guère de détails.

Luli en avait parlé à Marco en lui demandant de préparer un communiqué de presse, pour le cas improbable où un reporter trop zélé aurait établi le lien avec elle. Marco avait souligné que son contrat l'autorisait à prendre un congé pour une urgence familiale ou un deuil, mais elle débutait dans le métier et ne pouvait se permettre aucun manquement.

Au demeurant, à quoi bon ?

Elle aurait dû se douter que Marco préviendrait Gabriel. Quelque chose avait peut-être filtré dans la presse ? Était-ce pour cette raison qu'il était là, piaffant de colère ?

Une demi-heure plus tard, la séance bouclée, alors qu'elle se changeait, elle entendit Gabriel demander à Marco :

— Mais que vendent-ils donc avec ces photos racoleuses ?

Marco répondit en s'éclaircissant la gorge :

— Le sac qui est sur la chaise.

Un silence de plomb s'ensuivit, révélant clairement ce que pensait Gabriel.

Quand Luli les rejoignit, Marco s'excusa de nouveau auprès d'elle. Elle le rassura une nouvelle fois d'un sourire et lui conseilla de prendre sa soirée pour profiter de Milan… et mieux faire connaissance avec le bel Italien.

Elle rentra à son hôtel avec Gabriel dans un silence

de plomb, qu'il fut le premier à rompre une fois dans la chambre.

— Pourquoi es-tu furieuse que Marco m'ait averti ? demanda-t-il.

— Et toi, pourquoi es-tu furieux contre moi ? Je ne t'ai pourtant rien fait !

— Parce que tu ne m'as pas annoncé la nouvelle toi-même. Pour quelle raison ?

Quelque chose céda en elle, laissant libre cours à un flot d'angoisse et d'émotion.

— Je pensais que ça te serait égal !

Il se crispa, comme si elle lui avait porté un coup de poing dans l'estomac.

— Je ne cherche pas à te culpabiliser, murmura-t-elle. Ni à te faire ressentir quoi que ce soit.

— Et pourtant je me sens horriblement mal. Elle ne mérite pas ton chagrin, Luli.

— Je sais.

— Pourtant, tu as de la peine.

— C'est pour ça que tu es furieux ? Je ne peux pas commander mes sentiments, Gabriel !

— Moi non plus ! C'est pour ça que je suis furieux. Contre moi. J'ai su que tu souffrais, et je n'étais pas là pour toi.

— C'est *toi* qui me fais souffrir, dit-elle, en se remémorant leur dernière conversation.

— Je sais, murmura-t-il. J'étais là, et je voyais que je retournais le couteau dans la plaie, comme tu le fais pour moi en ce moment. Ça me fait horreur qu'on puisse se faire du mal.

Elle eut les larmes aux yeux, et se détourna. Elle s'était attendue à ce qui allait venir, mais elle ne le supportait pas.

— Je t'en prie, ne le dis pas, l'implora-t-elle, au désespoir.

— Quoi ? Que je t'aime ? Mais si. Je *t'aime*, Luli.

Stupéfaite, elle se retourna.

— Je croyais que… tu allais dire « c'est fini ».

— Jamais de la vie ! Cette histoire ne finira jamais, déclara-t-il d'un air tourmenté. Je n'ai jamais voulu dire ces mots à quelqu'un. Je savais que ce serait une torture de ressentir ça, mais…

— Gabriel…

Il la rejoignit en quelques pas et lui saisit les mains, puis la retint alors qu'elle tentait de se dégager.

— L'amour, reprit-il, nous fait sentir les battements du cœur de l'être aimé. Quand il pleure, on pleure aussi. Quand on lui fait mal, la douleur nous est renvoyée au centuple.

Il l'attira plus près, amena sur sa poitrine la main qu'il lui avait saisie, et de son autre paume lui enveloppa la joue.

— Mais, quand il est heureux, on déborde de bonheur. Quand on reçoit son cœur, la place manque en nous pour le contenir. Il faut donner son cœur en retour, sinon…

— Mais… mon cœur est à toi, tu sais.

— Je sais. Il vaut mieux que le mien, dit-il en lui effleurant la joue avec tendresse. Il est plus léger et plus doux. Plus joli aussi. Prends le mien. Et répare-le…

Luli avait les lèvres tremblantes, les yeux si brouillés par les larmes qu'elle distinguait à peine le regard rayonnant de Gabriel, mais bientôt le sien rayonna aussi.

— Ton cœur est juste un peu rouillé, souffla-t-elle d'une voix embrumée. Mais il fonctionne très bien.

— Tu me rends heureux, Luli. Trop heureux. Si je viens à te perdre un jour, je deviendrai un infirme des sentiments, comme mon père. Cela me terrifie, dit Gabriel avec une intense émotion. Mais te repousser me tue. Je ne supporte pas de te causer du chagrin, c'est si douloureux !

Luli comprit qu'il lui accordait la seule chose qu'il n'avait jamais voulu céder à quiconque. Elle était émerveillée par ce don d'amour, et ne pouvait le lui rendre qu'en le serrant dans ses bras, en l'embrassant, en tentant de lui transmettre le sentiment d'éternité qui l'animait.

— Dis-le encore, murmura Gabriel.

— Je t'aime. Je t'aime de tout mon cœur. Je t'aimerai toujours.

Les mots qu'ils prononçaient semblaient imprégner l'atmosphère, puiser de la force dans leurs murmures et la rencontre de leurs corps enlacés ; dans la tendresse de leurs regards, dans le désir informulé qui, d'un commun accord, les guidait vers la chambre pour célébrer leur union de la plus ancienne – et plus belle – façon du monde.

Épilogue

— Chut ! fit Gilly en collant son petit doigt potelé sur ses lèvres.

— Oui, on ne fait pas de bruit quand on nourrit les poissons, dit Gabriel du ton patient et aimant qu'il employait toujours pour s'adresser à sa fille.

La petite prit avec soin une pincée de la nourriture qu'il avait déposée dans sa paume et la lâcha dans l'aquarium installé dans sa chambre.

Sur le pas de la porte, Luli les regardait, le cœur débordant d'amour, si émue qu'elle en avait presque les larmes aux yeux. Gabriel la raillait gentiment quand il la surprenait ainsi. Mais s'il venait à passer au moment du taï-chi, lorsque leur fille, maladroite encore sur ses petites jambes mais obstinée, essayait d'imiter les mouvements de sa mère, il avait lui aussi le regard embué. Ils étaient tous les deux fous de la fillette, leur petite merveille, issue de la passion sensuelle, avide, qui ne cessait de les unir.

— Mama ! cria Gilly en apercevant Luli, révélant dans un grand sourire ses quenottes.

— Bonjour, mon bébé, dit Luli, qui vint saisir le petit démon qui gigotait dans les bras de Gabriel pour tenter de se pendre au cou de sa mère.

Gabriel embrassa Luli.

— Elle a réclamé sa maman. J'allais lancer des recherches !

— La faute à tes programmeurs !

— Un problème ?

— Non, je peux régler ça.

Luli avait continué à faire du mannequinat pendant un an, en n'acceptant que des séances de *shooting* proches de chez elle, sauf si Gabriel pouvait l'accompagner. Quand sa grossesse avait commencé à se voir, elle avait laissé tomber et était restée chez elle pendant un an, s'occupant d'une association caritative fondée par Gabriel avant d'élaborer une application censée faciliter les dons et le suivi des dépenses. Il l'avait convaincue de la développer avec son équipe et, depuis, elle travaillait avec de nombreux collaborateurs.

— Joli, dit Gilly en touchant les boucles d'oreilles de sa mère.

— Papa va te laver les mains, dit Gabriel, écartant sa menotte poisseuse. Ces boucles d'oreilles sont spéciales.

— Pourquoi ? fit Gilly – une question dont elle ne se lassait pas, à son âge !

— Veux-tu édifier cette demoiselle ? suggéra Gabriel à Luli, tout en la délivrant de sa fille.

— Ton papa me les a données la nuit où je suis tombée amoureuse de lui, expliqua Luli à Gilly.

— C'est ce qui s'est passé cette nuit-là ? demanda Gabriel, taquin. J'en ai un autre souvenir, mais…

— Celui d'être toi aussi tombé follement amoureux de moi, c'est cela ? répliqua-t-elle avec un sourire rusé.

— Gagné ! C'est exactement ce qui s'est produit, cette nuit-là. Et depuis je suis le plus heureux des hommes, ajouta Gabriel avant de l'attirer contre lui pour lui donner le plus doux des baisers.

Azur

HARLEQUIN

Ne manquez pas dès le mois
prochain dans votre collection

Azur

le premier tome de la nouvelle série :

PASSION ET PRIVILÈGES

Un monde de privilèges les sépare,
le désir les unit…

Un roman inédit chaque mois de mars à avril 2020

HARLEQUIN
www.harlequin.fr

Retrouvez en mars 2020,
dans votre collection

Azur

La reine de Samarqara, de Jennie Lucas - N°4191
LES PRINCES DU DÉSERT
Une intruse, voilà à quoi ressemble Beth. Que fait-elle dans cette soirée royale, à l'issue de laquelle le roi Omar désignera son épouse ? Jamais elle n'aurait dû se trouver parmi les prétendantes au trône de Samarqara, toutes plus belles les unes que les autres. Seulement, elle a promis à sa jumelle de la remplacer durant ces quelques heures hors du temps. Bientôt, alors que les festivités s'achèvent et qu'elle croit son calvaire terminé, c'est la stupéfaction, pour Beth. Car c'est *elle* que le somptueux cheikh vient de choisir…

Une innocente à conquérir, de Kim Lawrence - N°4192
Zach Gavros n'a qu'un but : retrouver Katina, l'héritière de son mentor, puis l'introduire parmi la haute société grecque dont la jeune femme a jusqu'ici été tenue à l'écart. L'initier au luxe tout en écartant ceux qui voudront profiter d'elle, voilà l'idée ! Bien que simple, cette mission se complique pourtant dès leur première rencontre. Malgré lui, Zach éprouve en effet un désir irrépressible pour Katina. Au point qu'il doit bientôt la protéger de lui-même…

Nuit de passion à New York, de Carol Marinelli- N°4193
Khalid, prince d'Al-Zahan, ne perd jamais le contrôle. Jamais. Il maîtrise ses émotions et ne laisse personne entrevoir qui il est, sous le vernis royal. Pourtant, lorsqu'il croise le regard d'Aubrey, à New York, il sent soudain son armure se fissurer. Est-ce la fragilité de la jeune femme, son innocence qui a raison de ses dernières résistances ? Incapable de réprimer ses pulsions, il cède à cette attirance inouïe et passe une nuit avec Aubrey. Tout en sachant qu'au petit matin il devra lui dire adieu pour accomplir son devoir…

De tulle et de haine, d'Abby Green - N°4194
Deux ans plus tôt, Lara a été contrainte de quitter Ciro Sant'Angelo, son fiancé – l'homme qu'elle aimait éperdument. Or aujourd'hui il est de retour dans sa vie, et la haine qu'il lui voue n'a d'égal que le désir qui brûle encore entre eux. Comme elle voudrait pouvoir lui révéler ses sentiments, toujours vifs, et apaiser les cicatrices qui marquent désormais cet homme, en raison du drame qu'ils ont partagé ! Hélas, Ciro se montre si dur avec elle que Lara préfère se taire. Jusqu'à ce qu'il lui réclame son dû – un mariage !

Le secret de Belle, de Lynne Graham - N°4195

Une serveuse et un milliardaire. Au départ, entre Belle et Dante, il ne devait s'agir que d'un simple arrangement. Elle jouait le rôle de sa fiancée, contre une jolie somme d'argent qui la tirait d'embarras. Mais la passion peut frapper partout et tout le monde. Et une nuit à Paris changer le cours d'une destinée… C'est ce que comprend Belle, en même temps qu'elle se découvre enceinte d'un homme avec lequel elle n'a rien en commun !

Scandaleuse liaison au casino, de Julia James - N°4196

Dans le casino de Las Vegas où elle participe à un colloque, tous ignorent son identité. Ici, elle n'est plus Donna Francesca di Ristori, héritière de deux nobles maisons, mais simplement Fran. Et elle compte bien profiter de ce délicieux anonymat. Grisée par cette liberté soudaine, Fran est tentée de répondre aux avances de Nic, l'homme sublime qui vient de l'accoster. Et bientôt elle s'abandonne entre ses bras, le temps d'une parenthèse enchantée. Une parenthèse qui, hélas, est interrompue quand son devoir la sépare de son inoubliable amant…

L'apollon d'une île grecque, de Susan Stephens - N°4197

Alors qu'elle aurait dû passer sa lune de miel sur une île paradisiaque avec son nouvel époux, Kimmie brûle sa robe de mariée sur la plage. Pas question pour elle de se morfondre sur son fiancé volage et ses noces avortées. Au contraire, elle compte bien profiter de son séjour en s'offrant, pourquoi pas, une aventure avec Kristof Kaimos, le propriétaire des lieux. S'il se montre trop arrogant à son goût, il possède une séduction envoûtante. Une séduction à laquelle Kimmie n'a aucune envie de résister… quel que soit le prix à payer !

L'héritière et le prince play-boy, de Caitlin Crews - N°4198

SÉRIE : *SCANDALEUSE NOBLESSE* - 3/3

Une nuit de délices dans les bras d'un inconnu. Durant quelques heures magiques, Pia s'est sentie vivante et libre. Juste une femme et non l'héritière de la puissante famille Combe… Mais, en se découvrant enceinte d'Arès, prince d'Atilia, elle sent le poids des responsabilités l'écraser de plus belle. Bientôt, Pia sera la mère des jumeaux de deux lignées exceptionnelles… et l'épouse d'un roi !

Un amant pour ennemi, de Michelle Smart - N°4199

SÉRIE : *PASSION ET PRIVILÈGES* - 1/2

Beth vit un rêve : arrivée à Vienne pour y organiser un prestigieux bal masqué, elle tombe immédiatement sous le charme de Valente Cortada, un apollon chargé de la guider dans le palais qui la reçoit. Durant quelques jours, elle espère oublier ses soucis et la menace que représente Alessio Palvetti sur son existence. Cet homme d'affaires cruel ne lui a pas caché sa volonté de lui arracher Dom, le bébé qu'elle a recueilli et dont il est l'oncle. Hélas, après qu'elle a succombé à Valente, Beth découvre qu'Alessio et lui ne font qu'un…

L'enfant de Rico Montero, de Dani Collins - N°4200

Poppy aime sa petite Lily plus que tout au monde. Aussi est-elle effrayée le jour où débarque chez elle le père de l'enfant. Si elle a caché à Rico Montero sa paternité, c'est parce que tous deux n'avaient aucun avenir ensemble. Pourquoi un aristocrate espagnol se serait-il intéressé à une femme comme elle, au-delà de leur unique étreinte passionnée ? Hélas, bien qu'il ne puisse jamais être question d'amour entre eux, Rico est là pour reconnaître son héritière et faire de Poppy sa légitime épouse…

Un séducteur pour patron, de Anna Cleary - N°4201

À peine engagée, Mirandi découvre avec stupeur que son nouveau patron n'est autre que Joe Sinclair. Joe qu'elle n'a pas revu depuis des années, depuis qu'il l'a quittée brutalement après quelques mois d'une liaison passionnée. Et, si le jeune homme rebelle d'autrefois est devenu un homme d'affaires richissime, son regard est resté aussi sensuel qu'impérieux. Dire que, dans le cadre de son nouveau travail, elle va devoir l'accompagner à une conférence sur la Riviera française ! Une perspective qui la plonge dans l'angoisse : ne devra-t-elle pas passer toutes ses journées en compagnie de Joe ? Sans parler des nuits interminables où elle devinera sa présence, tout près, dans la suite voisine de la sienne…

OFFRE DE BIENVENUE !

Vous êtes fan de la collection Azur ?
Pour prolonger le plaisir, recevez gratuitement

• 2 livres Azur gratuits •
et 2 cadeaux surprises !

Une fois votre colis de bienvenue reçu, si vous souhaitez continuer à recevoir nos romans Azur, cela se fera automatiquement. Vous recevrez alors chaque mois 6 romans inédits de cette collection au tarif unitaire de 4,50€ (Frais de port France : 1,79€).

➡ LES BONNES RAISONS DE S'ABONNER :

Aucun engagement de durée ni de minimum d'achat.
•
Aucune adhésion à un club.
•
Vos romans en avant-première.
•
La livraison à domicile.

➡ ET AUSSI DES AVANTAGES EXCLUSIFS :

Des cadeaux tout au long de l'année.
•
Des réductions sur vos romans par le biais de nombreuses promotions.
•
Des romans exclusivement réédités notamment des sagas à succès.
•
L'abonnement systématique et gratuit à notre magazine d'actu ROMANCE.
•
Des points fidélité échangeables contre des livres ou des cadeaux.

REJOIGNEZ-NOUS VITE EN COMPLÉTANT ET EN NOUS RENVOYANT LE BULLETIN !

N° d'abonnée (si vous en avez un) ☐☐☐☐☐☐☐☐☐☐ Z0ZEA6

Mme ☐ Mlle ☐ Nom : .... Prénom : ....

Adresse : ....

CP : ☐☐☐☐☐ Ville : ....

Pays : .... Téléphone : ☐☐☐☐☐☐☐☐☐☐

E-mail : ....

Date de naissance : ☐☐ ☐☐ ☐☐☐☐

☐ Oui, je souhaite être tenue informée par e-mail de l'actualité d'Harlequin.

☐ Oui, je souhaite bénéficier par e-mail des offres promotionnelles des partenaires d'Harlequin.

Renvoyez cette page à : Service Lectrices Harlequin – CS 20008 – 59718 Lille Cedex 9 - France

Date limite : **31 décembre 2020**. Vous recevrez votre colis environ 20 jours après réception de ce bon. Offre soumise à acceptation et réservée aux personnes majeures, résidant en France métropolitaine. Prix susceptibles de modification en cours d'année. Vous pouvez demander à accéder à vos données personnelles, à les rectifier ou à les effacer. Il vous suffit de nous écrire en nous indiquant vos nom, prénom et adresse à : Service Lectrices Harlequin - CS 20008 - 59718 LILLE Cedex 9. Harlequin® est une marque déposée du groupe HarperCollins France – 83/85, Bd Vincent Auriol – 75646 Paris cedex 13. Tél : 01 45 82 47 47. SA au capital de 3 120 000€ - R.C. Paris. Siret 31867159100069/APE5811Z.

Rendez-vous sur notre nouveau site

www.harlequin.fr

Et vivez chaque jour,
une nouvelle expérience de lectrice connectée.

- Découvrez toutes nos actualités, exclusivités, promotions, parutions à venir…
- Partagez vos avis sur vos dernières lectures…
- Lisez gratuitement en ligne, regardez des vidéos…
- Échangez avec d'autres lectrices sur le forum…
- Retrouvez vos abonnements, vos romans dédicacés, vos livres et vos ebooks en pré-commande…

L'application Harlequin
Achetez, synchronisez, lisez… Et emportez vos ebooks Harlequin partout avec vous.

Suivez-nous !
facebook.com/HarlequinFrance
twitter.com/harlequinfrance

OFFRE DÉCOUVERTE !

Vous souhaitez découvrir nos collections ? Recevez **votre 1er colis gratuit*** **avec 2 cadeaux surprises !** Une fois votre colis de bienvenue reçu, si vous souhaitez continuer à recevoir nos livres, cela se fera automatiquement. Vous recevrez alors vos livres inédits** en avant-première.

Vous n'avez aucune obligation d'achat et cette offre est sans engagement de durée !

*1 livre offert + 2 cadeaux / 2 livres offerts pour la collection Azur + 2 cadeaux.
**Les livres Ispahan, Sagas, Allegria et Best-Sellers Féminins sont des réédités.

☛ COCHEZ la collection choisie et renvoyez cette page au
Service Lectrices Harlequin – CS 20008 – 59718 Lille Cedex 9 – France

Collections	Références	Prix colis*
❑ **AZUR**	Z0ZFA6	6 livres par mois 28,79€
❑ **BLANCHE**	B0ZFA3	3 livres par mois 23,65€
❑ **LES HISTORIQUES**	H0ZFA2	2 livres par mois 16,59€
❑ **ISPAHAN**	Y0ZFA3	3 livres tous les 2 mois 23,35€
❑ **PASSIONS**	R0ZFA3	3 livres par mois 25,09€
❑ **SAGAS**	N0ZFA3	3 livres tous les 2 mois 27,66€
❑ **BLACK ROSE**	I0ZFA3	3 livres par mois 25,09€
❑ **VICTORIA**	V0ZFA3	3 livres tous les 2 mois 25,69€
❑ **ALLEGRIA**	A0ZFA4	4 livres tous les 2 mois 30,15€
❑ **BEST-SELLERS FÉMININS**	E0ZFA2	2 livres par mois 18,75€
❑ **MAGNETIC**	K0ZFA3	3 livres tous les 2 mois 23,07€

N° d'abonnée Harlequin (si vous en avez un) |_|_|_|_|_|_|_|_|_|_|

Mme ❑ Mlle ❑ Nom : ____________________

Prénom : ____________________ Adresse : ____________________

____

Code Postal : |_|_|_|_|_| Ville : ____________________

Pays : ____________________ Tél. : |_|_|_|_|_|_|_|_|_|_|

E-mail : ____________________

Date de naissance : ____________________

❑ Oui, je souhaite recevoir par e-mail les offres promotionnelles des éditions Harlequin.
❑ Oui, je souhaite recevoir par e-mail les offres promotionnelles des partenaires des éditions Harlequin.

Date limite : 31 décembre 2020. Vous recevrez votre colis environ 20 jours après réception de ce bon. Offre soumise à acceptation et réservée aux personnes majeures, résidant en France métropolitaine, dans la limite des stocks disponibles. Prix susceptibles de modification en cours d'année. Vous pouvez demander à accéder à vos données personnelles, à les rectifier ou à les effacer. Il vous suffit de nous écrire en nous indiquant vos nom, prénom et adresse à : Service Lectrices Harlequin CS 20008 59718 LILLE Cedex 9. Service Lectrices disponible du lundi au vendredi de 8h à 18h : 01 45 82 47 47.

Composé et édité par HarperCollins France.

Achevé d'imprimer en janvier 2020

BLACK PRINT

Barcelone

Dépôt légal : février 2020.

MIXTE
Papier issu de sources responsables
FSC® C108412

Pour limiter l'empreinte environnementale de ses livres, HarperCollins France s'engage à n'utiliser que du papier fabriqué à partir de bois provenant de forêts gérées durablement et de manière responsable.

Imprimé en Espagne.